무
한
화
서

무한화서

1판 1쇄 발행 2015년 9월 9일
1판 15쇄 발행 2024년 11월 12일

지은이 이성복
펴낸이 이광호
펴낸곳 ㈜**문학과지성사**
등록번호 제1993-000098호
주소 04034 서울 마포구 잔다리로7길 18(서교동 377-20)
전화 02) 338-7224
팩스 02) 323-4180(편집) 02) 338-7221(영업)
전자우편 moonji@moonji.com
홈페이지 www.moonji.com

© 이성복, 2015. Printed in Seoul, Korea
ISBN 978-89-320-2772-2 03810

이 도서의 국립중앙도서관 출판예정도서목록(CIP)은 서지정보유통지원시스템 홈페이지
(http://seoji.nl.go.kr)와 국가자료공동목록시스템(http://www.nl.go.kr/kolisnet)에서
이용하실 수 있습니다. (CIP제어번호: CIP2015022256)

무
한
화
서

2002
–
2015

이
성
복

시
론

문학과지성사
2015

자서自序

이 책은 2002년에서 2015년까지 대학원 시 창작 강좌 수업 내
용을 아포리즘 형식으로 정리한 것이다. 오래 보관한 노트를
요약해 보내주신 졸업생들과 원고를 분류하여 체재를 만들어
주신 김광재 씨에게 감사드린다.

2015년 7월
이성복

차례

언어

0

'화서花序'란 꽃이 줄기에 달리는 방식을 가리켜요. 순우리말로 '꽃차례'라 하는데, 여기에는 두 가지가 있어요. 성장이 제한된 '유한화서'는 위에서 아래로, 속에서 밖으로 피는 것이고(원심성), 성장에 제한이 없는 '무한화서'는 밑에서 위로, 밖에서 속으로 피는 것이에요(구심성). 구체에서 추상으로, 비천한 데서 거룩한 데로 나아가는 시는 '무한화서'가 아닐까 해요. 언어로 표현할 수 없는 것을 표현하려다 끝없이 실패하는 형식이니까요.

1

시는 말할 수 없는 것이에요. 말할 수 없는 것을 말해버리면 그 전제前提를 무시하는 거예요.

2

시는 진실과의 우연한 만남이에요. 시를 쓸 때 우리는 무슨 말을 하려는지 몰라요. 우리가 이름 붙일 수 없는 것만이 우리를 행복하게 할 수 있어요. 시는 무지無知가 주는 기쁨의 약속이에요.

3

언어는 때 묻고 상스러운 것이지만, 언어를 통하지 않고는 아무것도 보고 들을 수 없어요. 언어는 어떤 대상이나 목적에 이르는 수단이 아니에요. 언어 자체가 대상이고 목적이에요. 언어를 수단으로 사용하면 언제나 결핍감을 느껴요. 글쓰기는 언어 자신의 탈주이며 모험이에요.

4

시를 쓸 때는 자신과 말을 분리할 필요가 있어요. 그렇지 않으면 말은 머리의 종 노릇을 하게 돼요.

5

사상가와 달리, 작가는 언어의 추동력에 전적으로 의지하는 사람이에요. 언어의 그물이 먼저 던져지고, 그걸 끌어당기는 게 작가의 역할이에요. 이것을 이해하고 나면 어떤 사상에도 기댈 필요가 없어요.

6

체험이 풍부해야 좋은 시를 쓸 수 있다는 생각은 착각이에요. 그건 시가 쓰는 사람 내부에 있다는 오해에서 나온 거예요. 그렇다고 시가 대상에 있는 것도 아니에요. 대나무의 본질을 알려다가 마음병만 얻었다는 '격물치지格物致知'의 일화도 있잖아요. 결국 시는 언어에 있는 게 아닐까 해요. 현실의 온갖 오물들이 다 묻어 있는 언어는 그 때문에 축복받았다 할 수 있어요. 시인과 대상은 언어가 시라는 날개를 얻기까지 거치는 숙주宿主인지도 몰라요.

7

시의 한 끝은 아름다움과 추상이고, 다른 끝은 진실과 구체예요. 아름다움에 치우칠 때 의미는 희박해지고, 기호 표현의 질서로서 음악만 남아요. 그때 시는 귀로 들을 수 있는 것이고, 현재에서 미래로 향하는 거예요. 시가 진실에 몰두할 때 은폐된 것들이 폭로되고, 의미의 강도는 최고조에 이르러요. 그때 시는 눈으로 볼 수 있는 것이고, 현재에서 과거로 향하는 거예요. 시는 그 양 극단 사이에 있어요.

8

선禪에서는 '견성見性'이라는 말을 '본성을 본다'는 뜻 대신, '보는 것이 본성이다'라는 뜻으로 새겨요. 시 또한 주어와 술어, 주체와 대상의 자리바꿈에서 태어나는 것 아닐까요.

9

하나의 이미지에는 많은 감정들이 달라붙지만, 하나의 감정에는 하나의 이미지밖에 붙어 있지 않아요.

10

시를 쓸 때는 우리가 말하는 게 아니라, 말하는 게 우리예요. 달리 표현하자면, 말이 우리를 통해 자기 말을 하는 거지요. '진실이 진실하게 한다 Veritas veritatum'라는 말도 그런 뜻이 아닐까 해요.

11

나는 결코 나 자신을 말할 수 없어요. 말하는 나가 뒤에 남기 때문이지요. 말하는 나를 다시 말한다 하더라도, 그 말 하는 나는 또다시 뒤에 남아요. 시 또한 말할 수 없는 것을 말하려다 계속해서 실패하는 형식이에요.

12

시를 쓰는 건 말의 수로水路를 만들어주는 거예요. 시를 통해 말은 자연스럽게 나를 통과할 수 있어요. 억지로 말을 끌어당기면 안 돼요. 기다리고 지켜보는 게 내가 할 일이에요.

13

시를 쓴다는 건 말이 통과하도록 길을 내어주는 거예요. 말을 끌고 가려 하지 말고, 내 안에서 지나가는 말의 흐름을 주시하세요.

14

문학은 내가 하는 게 아니라 언어가 하는 거예요. 언어가 들어갈 수 없는 골목길은 없어요. 언어가 없다면, 언어에 대해 이야기할 수조차 없잖아요.

15

우리가 의지할 수 있는 건 언어밖에 없어요. 정자精子를 나누어 가졌다고 다 형제인가요. 언어가 다르면 반려동물보다 나을 게 없어요.

16

우리는 시를 쓰면서도 언어를 불신해요. 불성실한 하인쯤으로 여기는 거지요. 언어는 우리보다 위대해요. 언어를 믿어야 언어의 인도引導를 받을 수 있어요.

17

시에 힘이 실리지 않는 건 언어에 대한 소홀한 대접 때문이에요. 언어는 시의 처음이고 끝이에요. 하지만 언어가 유일한 낙처落處라 해서, 반드시 시의 형식을 가질 필요는 없어요.

18

우리의 세계는 언어로 된 세계예요. '언어 너머' 또한 언어이고, 지금 이 말조차 언어예요. 시인은 알몸으로 언어와 접촉하는 사람이에요.

19

시는 몸에서 바로 꺼내야 해요. 시를 쓸 때 생각에 의지하면 항상 늦어요. 생각보다 말이 먼저 나가도록 하세요. 머리가 개입하지 못하도록 빨리 쓰세요. 시에서 리듬이 강해지면 의미가 희박해져요. 그건 머리보다 몸이 먼저 나갔다는 증거예요.

20

머리는 의식적이고 사회적이지만, 손은 욕망과 무의식에 가까워요. 시는 머리를 뚫고 나오는 손가락 같은 거예요. 걸으면 벌어지고, 멈추면 닫히는 치파오라는 중국 치마 같은 거지요.

21

머리가 끌어가는 말은 딱딱하고 느낌이 안 묻어나요. 말을 머리보다 한 박자 앞에 두세요. 굴렁쇠 뒤를 아이가 따라가듯이, 말이 머리보다 앞서야 말 재미가 살아나요.

22

축구선수들 공 주고받는 거 보셨지요. 앞이 막히면 패스해주고, 달려나가 공을 되받잖아요. 그처럼 먼저 언어를 띄워주고 그다음에 어떻게 할지 궁리하세요. 언어를 마냥 잡고 있으면 독자한테 뺏기고 말아요.

23

주제主題는 말 뒤에 오는 것이에요. 주제로 쓰지 말고 말 가지고 쓰세요. 의미로는 각角을 세우기 어려워요. 의미는 소리 뒤에 오는 것이에요.

24

턱수염을 아래서 위로 쓸어 올릴 때의 느낌 아시지요. 그처럼 말에 저항이 없으면 바로 산문이에요. 시는 사람을 불편하게 하는 느낌, 그 이상도 이하도 아니에요.

25

머릿속 의도대로 쓰는 시는 언어에 대한 횡포예요. 머리에서 언어를 구출하고, 몸에서 언어를 춤추게 하세요. 그러면 나도 언어도 행복해져요.

26

시는 말의 춤이에요. 시의 쾌감은 말의 마찰과 낙차에서 생겨요. 무엇보다 에로티시즘이 있어야 해요. 말에도 '넣고, 빼고' 하는 관능이 있어요. 말과 섹스하세요. 말의 경계 너머로 우리가 모르는 말이 태어나도록.

27

말 앞에서 나를 열어두고 질문하는 형식으로 쓰세요. 말을 앞세우면 감정은 따라오지만, 감정을 앞세우면 감정도 날아가버려요.

28

어른들 편찮으셔서 의식 없을 때 그 느낌을 다 살릴 수 있겠어요. 아이들 아파서 열이 펄펄 날 때 그 마음을 어떻게 표현하겠어요. 그래도 글쓰기는 사진기나 캠코더보다 나아요. 그래서 언어가 소중한 거예요.

29

우리의 두뇌 용량은 개인용 컴퓨터에 저장된 자료밖에 안 돼요. 글쓰기는 자신의 컴퓨터를 중앙제어장치에 연결하는 것과 같아요. 글쓰기를 통해 우리는 언어 인터넷의 무한 정보를 이용할 수 있어요.

30

영화 「롱쉽The Long Ships」에 나오는 얘기예요. 황금종黃金鐘을 찾으려고 섬을 파헤치던 사람들이 마침내 포기하고 곡괭이를 내던지자 종소리가 울려 퍼져요. 섬 전체가 종이었던 거지요. 곡괭이가 무용지물이 되는 순간, 곡괭이의 전혀 다른 기능이 살아나는 거예요. 언어의 시적 사용도 그런 것 아닐까 해요.

31

시의 첫 구절은 작살 총의 방아쇠 구실을 해요. 다음 구절은 저절로 따라나오게 돼 있어요. 말은 내가 하는 게 아니라, 말이 하는 소리를 내가 듣는 거예요. 말은 짐승들처럼 입과 꼬리를 가지고 있어요. 그래서 앞 문장을 뒤 문장이 물고 따라올 수 있는 거지요.

32

잘 익은 수박은 칼만 갖다 대면 쩍 갈라져요. 그처럼 처음엔 내가 말을 꺼내지만, 말에 의해 내 삶이 짜갈라지게 되는 거예요. 말로 인해 우리는 지금 차원에서 다른 차원으로 이동할 수 있어요. 어느 차원이든 상위上位 차원의 그림자라는 것을 잊지 마세요.

33

시의 리듬은 상여 나가는 리듬이에요. 두 발 나가고, 한 발 물러나고…… 휘날리는 만장輓章과 울긋불긋한 종이 꽃…… 구슬픈 노랫가락과 요령 소리 들리시지요.

34

구어口語에는 언제나 리얼리티가 있고 리듬이 살아 있어요. 또한 이미지가 있기 때문에, 쌀알에 쌀눈이 붙어 있는 것과 같아요. 가령 사람들이 쌍욕 하는 소리를 들으면, 리듬과 이미지가 얼마나 생생하게 살아 있는지 알 수 있어요.

35

말은 작고 가볍게 해야 해요. '……임에 틀림없다 must'보다는 '……일지 모른다 may'가 힘이 있어요. 판단 유보의 어조사 '의矣'를 즐겨 쓰는 공자에 비해, 단정적 어조사 '야也'를 자주 쓰는 맹자를 '아성亞聖'이라 한대요. '성인'에는 좀 못 미친다는 것이지요. '삼천 년 뒤 성인이 다시 와도 내 말은 못 바꾼다 百世聖人復起 不易吾言'는 그의 말은 너무 도도해서 힘이 떨어져요.

36

시는 빗나가고 거스르는 데 있어요. 이를테면 '서재'와 '책' 대신 '서재'와 '팬티'를 연결하는 식이지요.

37

사랑의 깊이를 알 수 있는 건 이별하는 순간이듯이, 리듬이 중요하다는 건 리듬이 깨지는 순간에 알게 돼요.

38

성도착性倒錯에는 두 가지가 있는데, 하나는 번식이라는 '목적'을 위반하는 것이고, 다른 하나는 이성異性이라는 '대상'을 위반하는 거예요. 의사 전달이라는 고유 목적을 저버리고, 내용 대신 표현, 의미 대신 음악을 추구하는 시의 언어 또한 심각한 도착 현상이 아닐까요.

39

항상 입말에 의지하세요. 가볍고 쉽게 사라지기 때문에, 입말이 소중한 거예요. 우리 누구나의 인생처럼……

40

시를 쓸 때는 사탕처럼 말을 혀로 굴려볼 필요가 있어요. 베토벤의 어느 사중주곡 테마는 '내가 돈이 어디 있나, 이 사람아!' 하는 빚쟁이의 어조에서 나왔다 하지요.

41

'얼굴'이라는 말보다 '쌍판'이라는 말이 훨씬 실감나지요. 구어는 활어活語예요. 비어, 속어, 은어는 시의 보고寶庫예요.

42

입말에 가깝게 쓰세요. 그래야 자연스럽고 리듬과 어조가 살아나요. 첫 구절만 봐도 머리로 썼는지, 입으로 썼는지 알 수 있어. 입술로 중얼거리고 혀로 더듬거려보세요. 내용은 하나도 안 중요해요. 아니, 그렇게 해야 내용도 살아나게 돼요.

43

글쓰기는 생체 리듬에 의지해요. 리듬이 먼저 있고, 내가 거기 실려 가는 거예요. 딴생각하지 말고, 리듬에 올라타세요. 에스컬레이터에 한 발만 내디디면 그냥 위로 올라가잖아요. 길 가다 트럭 오면 손 들어 얻어 타고, 내릴 데가서 내리면 되잖아요. 산문이 리듬 타면 시가 되고, 시에서 리듬 빠지면 바로 산문이에요. 제일 나쁜 건 번역 투의 말이에요.

44

시를 쓸 때 대화 상대자를 가지면 쉬워져요. 옆에 있는 친구나 남편한테 얘기한다 생각하면, 자연히 입이 벌어지고 말이 흘러나와요.

45

시 쓰기를 겁내지 마세요. 자기 자신에게, 옆 사람에게 속삭이듯 얘기하면 돼요. 다만, 말은 말이 반이고 침묵이 반이라는 것, 그리고 어떤 얘기를 하려면 다른 얘기를 해야 한다는 걸 잊지 마세요.

46

시가 안 될 때는 말하는 방법을 바꿔보세요. 자연스러움이 리듬보다 먼저예요. 리듬 타겠다고 토씨 다 빼버리면 나중에 의치義齒 해야 해요. '그럼직함'이 없으면 아이들 러닝 입을 때 소매로 머리 집어넣는 것과 같아요.

47

아무리 슬픈 사연도 말하고 나면 고통이 줄어들어요. 아무리 고된 노동이라도 노래에 실리면 힘든 줄을 몰라요. 리듬 때문이지요. 그건 일의 리듬이고 몸의 리듬이에요. 계단 잘 내려가다가도 '조심해야지' 하면 걸음이 엉켜 비틀거려요. 몸 하는 일에 머리가 개입해서 생기는 혼란이지요. 시 쓸 때도 머리보다 몸에 맡기도록 하세요.

48

머리로 쓰는 글은 세수 안 하고 분粉 바르는 것과 같아요. 글 쓸 때는 아무 생각 없이 밀고 들어가세요. 생각은 나중에 와야 해요. '기다리면 늦어지고, 생각하면 어긋난다'는 경구警句는 어느 수행에서보다 글쓰기에 필요해요.

49

그네를 탈 때처럼, 말을 확 굴러서 차올라 나아가세요.
발바닥이 하늘까지 닿는 느낌이 들어야 해요.

50

우리의 손은 언제나 진실을 말해요. 손을 신뢰하면서 가
급적 신속히 쓰세요.

51

단방에 녹다운시키려고 하지 마세요. 그냥 '잽' 날리듯
이 말을 툭툭 던지세요. 기필코 홈런 치겠다는 심리는 삼
진 아웃을 불러와요. 그냥 가볍게 배트를 내밀 듯이, 혀끝
에 말을 갖다 대보세요.

52

우리가 하려는 얘기는 머리가 아니라 말 속에 있어요.
어깨에 힘 빼고 그냥 말을 툭툭 던지세요. 그러다가 빈틈
이 생기면 '어퍼컷'을 내질러야 해요.

53

시는 살짝 올라타는 거예요. 자전거나 말안장에 올라타
듯이, 혹은 달리는 호랑이 등에 올라타듯이. 그다음에는
내가 거기에 적응해주면 돼요. 그러면 내 할 일이 별로 없
어요. 그게 '번지는' 거예요.

54

"오동 꽃이 피네, 피도 없이 피네, 숨도 없이 피네……"
이렇게 말이 말을 물고 오게 해보세요. 여기에서 내가 거
들 일이 뭐 있겠어요.

55

말을 사탕처럼 입안에 굴리고 다니세요. 끼어드는 말, 들러붙는 말, 스며드는 말이 좋은 말이에요.

56

입 속에서 자꾸 말을 굴려 다른 말이 달라붙게 하세요. 언어는 어리석고 개떡 같지만, 언어로부터 벗어날 가능성은 언어 안에만 있어요. 언제나 말을 '반대로' 갈아탈 준비를 하세요. 길 가다 돌멩이 하나 주우면, 주머니 속의 것과 바꿔치기할 생각부터 해야 해요.

57

'위빠사나'에서 하는 말이에요. "마음을 새로 내서, 앞의 마음을 뒤의 마음이 보게 하라." 그처럼 앞의 이미지를 뒤의 이미지가 물고 나가도록 해야 해요. 단어와 단어, 행과 행, 연과 연의 경우에도 마찬가지예요.

58

서치라이트 불빛은 지나가도 누적累積이 안 돼요. 앞 이
야기를 물고 들어가지 않으면, 뒷이야기는 새로 시작하는
거나 마찬가지예요. 겉멋 부리지 말고, 평소 밥 먹는 것처
럼 하세요. 자기감정이 들어가지 않도록 조심하세요. 침
묻은 밥처럼, 거기 닿으면 다 상해버려요.

59

평소 하는 말인데, '도망가는 어떤 말'이 시예요. 한 행
뒤에 다음 행을 이을 때는, 같으면서도 다른 것이 와야 해
요. 마지막 행이 어떤 것이 될지는 가봐야 알아요. 자신이
어떻게 죽을지는 죽을 때 돼야 알 수 있잖아요.

60

시의 첫걸음은 도취이고 광기이지만, 두번째 걸음은 방
정식이에요. 벽돌 쌓듯이 한 행 한 행 탄탄하게 쌓아 올려
야 해요. 시의 해법解法은 수학보다 어려워요. 언어에 대한
각자 체험이 다를뿐더러, 언어라는 게 본래 잡탕밥이기 때
문이지요.

61

불투명하고 불안정한 언어를 다루는 시는 수학보다 정확해야 해요. 시인에게 이보다 더 중요한 윤리는 없어요.

62

유화油畵도 밑채색이 있어야 깊은 맛이 우러난다고 하지요. 말이 현란하면 할 얘기가 별로 없다는 표시예요. 기교는 숨어 있어야 해요. 정확하게 말하되, 너무 '깐총하게' 하지는 마세요.

63

말의 본래 뜻에 사로잡히지 마세요. 그렇다고 모호한 문장을 쓰라는 건 아니에요. 시의 모호함은 의미의 모호함이지 문법적 모호함이 아니에요.

64

몇 가지 세부細部들을 잡아 한 군데로 이야기를 몰아가세요. 별들 몇 개를 이어 별자리를 만들 듯이. 전체 세팅을 분명히 하세요. 그럴 듯해 보이는 수사修辭 장식은 걷어내세요. 그건 바둑으로 치면 '죽은 집'이에요. 뭐 좀 있어 보이는 소리는 다 헛소리예요. 절실하지 않으면서 쥐어짜는 소리 하지 마세요. 그건 사기 치는 거예요.

65

시는 단도직입單刀直入이고 단도직입短刀直入이에요. 짧은 칼 한 자루 들고 적진으로 뛰어드는 거지요. 시는 백 미터 달리기예요. 그 짧은 시간에 무슨 말을 주저리주저리 하겠어요. 말수를 줄여야 실수도 적어요.

66

고래 헤엄칠 때 지느러미로 방향을 잡고, 몸통 비틀면서 나아가지요. 시에서 비유는 지느러미예요. 가급적 지느러미 쓰지 마세요. 그건 전진前進하는 데 쓰는 게 아니에요.

67

가야금 탈 때 손으로 '지그시' 눌러주어야, 깊고 부드러운 음이 나오지요. 멋진 이미지로 장식하는 것보다 더 중요한 게 이 '지긋함'이에요.

68

암벽 등반하는 사람은 자기가 박은 못에 줄을 걸고 올라가 다시 못을 박지요. 그처럼 시는 말을 던지고 나아간 자리에서 다시 던지는 거예요. 목숨 줄이 걸린 거니까, 아무렇게나 던질 수는 없지요. 자기가 나아갈 수 있을 만큼만 던져야 해요.

69

간호사들 주사 놓을 때 아무 데나 막 찌르지 않잖아요. 핏줄 먼저 확인하고 가볍게 두드린 다음 바늘을 찔러 넣지요. 시의 처음도 그렇게 해야 해요. 시를 끝낼 때도 그냥 끝내면 안 돼요. 죽은 사람 눈꺼풀 쓸어주듯이 덮어줘야 해요. 아프리카 사람들 소 목덜미에 구멍 뚫고 피를 빨아 마신 다음, 반드시 소똥으로 덮어준다 하지요.

70

이사 갈 때 유리그릇은 신문지에 싸서 넣지요. 글 쓸 때도 그렇게 해야 해요. 조심해서 말을 다루지 않으면, 싱크대 사기그릇들처럼 이빨 다 나가요.

71

그냥 머릿속에 지나가는 생각들을 적어보세요. 쉽게 쓰는 것이 지름길이에요. 거창하게 인간의 운명에 대해 얘기할 것 없어요. 그런 건 내가 안 해도 벌써 다 나와 있어요. 그냥 우리 집 부엌에 숟가락이 몇 개인지만 쓰세요.

72

별것 아니었는데 밥 먹다 생각하니 은근히 기분 나쁜 말, 그런 말이 힘 있는 말이에요. 치명적 상처를 입은 사람은 '난 괜찮아……' 한대요. 그러고는 퍽 쓰러지지요. 아무것도 아닌 말이었는데, 나중에 '아!' 싶은 것이 좋은 말이에요.

73

'우리 형' 같은 제목은 참 좋지요. 삶의 온 무게를 끌고 다니는 말이에요. 길바닥에 파인 물고랑처럼, 그 안에 온갖 고단한 삶이 다 들어와 있어요.

74

부분을 통해 전체를 드러내는 게 시이고, 부분을 떼어 내면 전체가 무너지는 게 시예요. 토씨 하나에도 희로애락 喜怒哀樂이 실리게 하세요. 묻어나는 말, 번지는 말이 시예요. 시이거나 시 아니거나 어느 하나일 뿐, 시 비슷한 건 없어요.

75

권투선수 얼굴이 일그러지는 장면, 슬로우비디오로 본 적 있으시지요. 그런 느낌이 최고예요. 혹은 방망이에 맞은 야구공이 순간적으로 찌그러드는 모습…… 자신이 쓴 글에 그런 느낌이 살아난다면 지금 죽어도 여한이 없겠지요.

76

정작 할 얘기를 안 하기 때문에 말이 많아지는 거예요. 지금까지 한 말 모두 지워버리고, 말 다 했다고 생각한 데서 새로 시작해보세요.

77

시는 감정도 비유도 아니고, 패턴이에요. 패턴은 소급적인 동시에 예시적이에요. 은유적 의미를 띠지 않는 패턴은 없어요. 패턴 자체가 은유에서 나오고, 은유를 가능하게 해요.

78

시를 쓸 때는 말의 꼬임새로 패턴을 만들어야 해요. 꼬임은 서너 번 정도면 족해요. 그 이상이면 우리 머리가 따라가지 못해요. '그 사람은 착한 것이 아닌 것이 아닌 것이 아니다' 하면 벌써 착한 건지, 아닌 건지 분간이 안 되잖아요.

79

바로 다 말해버리면 시가 스며들 틈이 없어요. 삐딱하게
이야기하세요. 마주 보지 말고 비껴 서서 바라보세요. 정
면승부가 아니라 게릴라전으로 가야 해요. 골프공을 9시
방향으로 보내려면, 3시가 아니라 4시와 5시 사이를 때려
야 한다지요.

80

식당 주인은 재료의 맛뿐 아니라 색깔도 고려한다 해요.
색감도 식욕의 일부라는 거지요. 시 또한 '디스플레이'의
일종이에요. 말들을 평소와 다르게 배치하면, 별 희한한
일이 다 일어나요.

81

이미 그려진 그림에 덧칠하고 개칠하지 마세요. 시적 의
미는 기존의 의미가 파괴되는 순간 태어나요. 모든 의미는
무의미의 사막 위에 신기루처럼 왔다 가요. 가능한 한 무
의미를 오래 견디는 것이 시의 덕목이에요.

82

전구의 필라멘트는 저항의 자리라 해요. 필라멘트가 없으면 전기가 합선된다고 하지요. 시 또한 이어주면서 가로막는 말의 저항에서 나오는 불꽃이에요.

83

시는 고압의 전류예요. 스파크가 일어나지 않으면 시가 아니에요. 시의 불꽃은 말과 말, 행과 행 사이에서 일어나요. 낮에는 볼품없던 네온사인에 반짝 불이 들어올 때처럼 쓰세요.

84

시는 언어를 반사하고 굴절시키는 거예요. 시를 쓰면서 말 재미를 느끼고, 꼬임과 낙차를 만들어보세요. 꾸준히 노력하면 잘할 수 있는 확률은 높아져요. 끝까지 포기하지 않으면, 최상은 아니라도 차상次上까지는 갈 수 있어요.

85

시는 반전反轉의 힘이에요. 행과 행, 연과 연 사이에 전환이 있어야 해요. 가령 '꽃이 피었다 ─ 새가 울었다'는 연결보다 '꽃이 피었다 ─ 새가 죽었다'는 연결이 힘이 있어요.

86

'아주머니 속에 주머니가 있다' 이런 식으로 말을 벗겨보세요. 주머니 속에는 또 머니가 있지요. 그러니까 아주머니의 주머니에 돈이 있다는 거잖아요. 이렇게 양파 껍질 벗기듯이 벗기다 보면 나중엔 아무것도 안 남아요. 시는 대상 뒤에 아무것도 없다는 걸 보여주는 거예요.

87

뭐든지 인수분해因數分解 할 수 있어요. 초록이 노랑과 파랑으로 분해되듯이, 프랑스어 orange는 or(금)와 ange(천사)로 분해돼요. 중요한 건 둘 사이를 이어주는 거예요. 어떻게 '천사'가 '금'을 만나 '오렌지'가 되는지 설명해주는 게 시예요.

88

비유를 쓸 때 a를 b로 끌고 들어가면, 반드시 b의 덕을 봐야 해요. 안 그러면 손해나는 장사밖에 안 돼요.

89

어떤 비유든 의미를 재생산해야 해요. 비유가 뒷북치면 안 돼요. 너무 빛나는 비유는 쓰지 마세요. 지루한 아름다움을 이야기할 수 있어야 승리하는 거예요.

90

a=b일 때 b 대신 c를 가져와 a를 얘기해보세요. 이때 c의 속성 몇 가지를 a에 대입해보세요. 혹은 c 대신 d, e, f를 가져와 a를 얘기해보세요. 이것은 어떤 균이 다른 균들 사이에서 어떻게 변하는지 알아보는 실험과 같아요. 다만 쓰는 사람의 문제의식이 없으면 심심풀이 말장난에 불과해요.

91

시는 일상의 닳아빠진 관절關節들을 갈아 끼우는 거예요. 조사, 조동사, 접속사 같은 것을 교체함으로써 말이에요. 그것들이 안 바뀌면 문장에 뜸이 들지 않아요. 뜸이 안든 밥을 무슨 맛으로 먹겠어요.

92

시의 기울기는 '그리고' '그런데' '그러나' 같은 접속사에 의해 만들어져요. '그리고'는 너무 밋밋하고 '그러나'는 너무 가팔라요. 이상적인 각도는 '그런데'가 아닐까 해요. '그런데'는 벨트의 운동 방향을 무리 없이 바꿔주는 톱니바퀴 역할을 해요.

93

말을 이을 때는 일단 보폭을 넓게 잡으세요. 문제가 생기면 뒤에 가서 수습하면 돼요. 그래야 '늘품수'가 있어요. 의도적으로라도 많이 벌리려고 노력하세요. 작게 벌려 안전하게 가기보다, 넓게 벌리다가 실패하는 쪽이 희망이 있어요.

94

태곳적부터 늘 그 모양인 무성생식과 달리, 유전자를 교환하는 유성생식의 종種들은 끊임없이 진화해왔어요. 시 쓸 때도 무성생식으로 하지 말고, 유성생식으로 하세요. 가령 '강의 눈물' 대신 '강의 불길'이라 하는 거지요. 무성생식은 사구死句의 길이고, 유성생식은 활구活句의 길이에요.

95

'햇빛이 빛난다' 이건 사구死句예요. '햇빛이 울고 있다' 이러면 활구活句에 가까워요. 활구에는 언제나 말의 각이 있어요. 행과 행 사이에도 각을 세울 수 있어요. '햇빛이 울고 있다. 어디서 본 얼굴이다.'

96

시를 쓸 때 한 번 각角을 잃으면 다시 만들기 어려워요. 각을 벌릴 때는 나중에 수습할 수 있을 만큼 벌려야 해요. 달리 말하면, 벌린 각은 뒤에 가서 반드시 수습해야 해요. 그렇지 않으면 선문답禪問答이 되기 십상이에요.

97

시를 쓸 때 파도타기 하듯 리듬을 타보세요. 너무 나간 부분은 쓰고 나서 쳐내면 돼요. 다만 표현에는 각角이 살아 있어야 해요. 각이 낙차와 쾌감을 만들어요. 걷혀 있던 블라인드가 착 떨어지는 그 맛. 에너지는 저항에서 나와요.

98

각角이 있어 시가 되는 것이지, 비유 때문에 시가 되는 건 아니에요. 밖으로 드러난 각은 피상적이고 장식적이에요. 그건 살아 있는 나무에 죽은 가지가 달려 있는 것과 같아요. 빨리 걷어내세요.

99

시적 언어는 치타가 누의 목덜미를 무는 것처럼 대상의 급소를 공격해요. 그 한순간을 위해 '뜨거운 솥을 혀로 핥는 개'처럼 자꾸 말을 던져야 해요.

대
상

100

시의 에너지원은 세속이에요. 평범한 일상에 공포가 언뜻언뜻 묻어날 때가 좋아요. 알 듯 알 듯하다가 끝내 모르는 이야기. 어떤 보상도 희망도 없고, 언제나 막막한 자리, 어제도 내일도 그 자리!

101

시 안에서 다시 비유를 쓸 필요가 없어요. 한 편의 시는 이미 비유 그 자체예요. 영화 「롱쉽」에서 섬 전체가 황금종인 것처럼, 우리의 현실 전체가 시예요.

102

시를 쓰는 건 멋진 비유들을 엮어내는 게 아니에요. 가령 소월의 「산유화」는 어느 부분에도 비유가 없어요. 꽃 얘기이면서 인간 얘기이기 때문에, 그 자체로 비유인 거지요.

103

사건을 단순하게 가져가세요. 그래야 시가 우러날 틈이 있어요. 시는 사연에 올라타는 것이지, 사연 그 자체가 시는 아니에요. 사연 가지고 시를 만들려 하는 대신, 사연이 삶의 은유가 되도록 하세요.

104

시 쓸 때는 대상을 앞에서 끌지 말고 뒤에서 밀어줘야 해요. 그처럼 소극적 자세를 취하는 게 가장 어렵고 중요한 문제예요. 오직 힘 있는 사람만이 '소극적 능력'을 가질 수 있어요.

105

상황을 단순하게 제시하고, 상황 자체가 얘기하도록 하세요. 상황이 스스로를 배반하는 지점까지 나아가게 하세요. 내가 그렇게 만들지 말고, 상황에게 그 일을 맡기세요. 상황은 우리보다 더 많은 것을 알고 있어요.

106

골프 스윙할 때 '공을 놀라게 하지 마라'는 말을 해요. 멀리 보내야겠다는 생각에 우격다짐으로 공을 내리치지 말라는 것이지요. 시 쓸 때도 그렇게 해야 해요. 아무 일 없는 듯이 대상과 만나고, 아무 일 없는 듯이 대상을 보내주는 것.

107

제일 좋은 건 거미처럼 하는 거예요. 거미는 자기가 친 줄을 거두어 삼키고 다른 데 가서 또 집을 짓지요. 시를 쓰는 건 대상이 말의 거미줄에 걸리게 하는 거예요.

108

내가 말하는 것이 아니라, 대상이 말하도록 해야 해요. 이게 안 되면 자기 생각과 감정을 복사하는 수밖에 없어요. 그건 꼭 하지 않아도 되는 일이에요. 머릿속에 있는 걸 굳이 밖으로 꺼내야 할 필요가 있을까요.

109

새집을 만들어 걸어두면 새가 날아와 살지요. 시 쓰기는 그렇게 인생이 스며들게 하는 거예요.

110

진선미眞善美는 대상의 내부에 대칭적 구조로 존재해요. 홍예문 같은 것 보세요. 아무런 지지대 없이 스스로의 짜임새로 서 있잖아요. 대상의 구조를 발견하고 나면 달리 수사修辭나 장식이 필요하지 않아요. 즉 내가 할 일이 별로 없다는 거지요.

111

내 얘기만 하려 하면 과장이 되고, 말에 힘이 붙지 않아요. 다른 사람 얘기를 잘하면 그 안에 내 얘기가 다 들어 있어요. 시는 남 얘기를 통해 자기 얘기 하는 거예요.

112

세상에 사람 얘기 아닌 게 없어요. 보고 듣고 말하는 게 사람이기 때문이지요. 무언가를 볼 때는 항상 그것의 초라함과 속절없음을 보도록 하세요. 왜냐하면 나 자신이 그렇기 때문이지요.

113

똑바로 눕지 못하고 잠자는 것들은 고단한 인생살이의 은유지요. 저는 개 오줌 지린내를 맡으면 그렇게 슬퍼질 수가 없어요. 사람 오줌 냄새와 같기 때문이에요. 뭐든 사람의 문제로 돌아오지 않는 것은 없어요.

114

개들이 자면서 코를 골거나 생리하는 걸 보면 마음이 아파요. 거기에 우리 어머니가 있고, 내 자식이 있고, 내가 있어요. 그러니 어떻게 그것들을 얘기하지 않을 수 있겠어요. 우리의 슬픔은 그것들을 잊을 수 없고, 잊지 못했다는 증거예요.

115

인간의 성도착性倒錯은 저리 가라 하는 예가 여러 동물들에서 발견된다 하지요. 어떤 곤충은 제 유전자를 퍼뜨리기 위해 다른 수컷의 고환에 정자를 싸 넣는다 해요. 또 빈대의 수컷은 기병도騎兵刀처럼 날카로운 성기를 암컷의 몸 아무 데나 찔러 넣는다 해요. 그러면 찔린 자리는 곧바로 난소가 된다고 하지요. 대상에 상처를 내고 자기 삶을 이식하는 시인 또한 심각한 도착증 환자가 아닐까 해요.

116

자기 꿈속에서 헤매는 사람은 누구나 중생이라 하지요. 꿈은 현실보다 더 현실적이고, 현실은 꿈보다 더 지독한 꿈이에요. 시는 꿈이라는 현실과 현실이라는 꿈 사이에서 꾸는 더 짧은 꿈이에요.

117

지금 시로 쓰려 하는 대상에 손잡이를 달아주세요. 어느 위치에 달지 고민할 필요 없어요. 손 닿는 곳 어디에나 달 수 있는 게 시의 손잡이에요.

118

지금 우리 자신이라고 생각하는 것은 허위의식이에요. 우리가 내버리는 것들 안에 진짜 우리가 들어 있어요. 그중에는 보기 싫어 버리는 것도 있고, 얼마나 중요한지 모르고 버리는 것도 있어요. 언제나 버림받은 것들을 귀하게 여기세요. 세상에서 버림받은 것들을 구제하는 게 문학이에요.

119

아무짝에도 쓸모없는 것들이 가장 쓸모 있는 거예요. 이걸 알아차리려면 계속 반복 훈련해야 해요. 축구선수들 연습하는 것 보셨지요. 호루라기 불자마자 바로 돌아서잖아요.

120

고수는 남의 패까지 읽는 사람이에요. 시 쓸 때는 '광'이 아니라 '피'를 모으세요. 사랑은 먼 데 있는 게 아니에요. 남들이 버린 것들이 나에게는 다 보물이에요.

121

글을 쓸 때 잡생각을 받아 적어보세요. 일상에서 잡생각은 시에서 진실이고, 일상에서 진실은 시에서 잡생각이에요. 우리가 쓸데없다고 버리는 것 안에 우리 자신이 가장 많이 들어 있어요.

122

잡생각은 가장 그 사람다운 생각이고, 진짜 인생이에요. 그 안에는 꿈과 사랑, 욕망과 희망이 다 들어 있어요. 잡생각의 채널에 접속하고 나면 나도 없고, 너도 없고, 잡생각이라는 것조차 없어요.

123

태초에 생겨난 우주 복사선輻射線은 지금도 심야프로가 끝난 텔레비전에 노이즈로 잡힌다 하지요. 또 앰뷸런스 멀어져가는 소리에 착안해, 우주가 팽창한다는 사실을 알아냈다 하지요. 일상의 잡음들을 무시하지 마세요. 시는 그 속에 다 들어 있어요.

124

우리가 묘사墓祀 지내러 가는 것처럼, 코끼리도 먼 길을 가서 조상들 해골을 코로 쓰다듬는다 해요. 어린 코끼리는 해골이 무서워 엄마 코끼리 뒤에 숨어요. 지금 우리가 보고 듣는 것 뒤에, 태초의 비밀이 숨겨져 있다는 것을 잊지 마세요.

125

뭐든지 잘 들여다보세요. 입가에 말라붙은 침 자국, 주방 환풍기에 달라붙은 기름때, 변기 앞에 떨어진 오줌 방울…… 세상 모든 의미 없는 것들에게 의미를 되찾아주는 시인은 신이 버려둔 일을 대신 하는 존재예요.

126

특이한 것들은 내가 더 보탤 게 없어요. 항상 평범한 것들을 비범한 쪽으로 가져가세요. 누구나 평범하게 태어나고 평범하게 죽어요. 그것 말고 특이한 게 뭐 있겠어요.

127

신기한 것 찾아다니지 말고 평범한 것들을 오래 지켜보세요. 발도 오래 물에 담가두면 묵은 때가 벗겨지잖아요. 좋은 작가는 평범한 일상이 '기네스북'이라는 것을 보여주는 사람이에요.

128

단추를 구멍에 제대로 끼워야 하듯이, 모든 사물에는 시를 끼워 맞춰줄 구멍이 있어요.

129

세상에서 의미 없는 건 하나도 없어요. 모든 미친 것들에게, 미치지 않으면 안 될 사연 하나씩 찾아주는 게 시예요.

130

해와 바람이 신사 옷 벗기기 내기하는 이야기 아시지요. 바람처럼 벗기는 방식이 산문이라면, 해가 하는 방식은 시예요. 시는 도르래나 시소처럼 간접적으로 작용하기 때문에 더 큰 힘을 가져요.

131

국화차 한 알갱이를 뜨거운 물에 띄우면 국화꽃 전체가 살아나지요. 일상에서 예술이 하는 일도 그와 같아요.

132

예술이 하는 일은 특징적인 세부를 통해 전체를 복원하는 거예요. 혹은 어떤 평범한 세부도 특징적인 세부가 될 수 있다는 걸 보여주는 거예요.

133

시는 디테일을 통한 전체의 복원이에요. 얼핏 본 인물의 몽타주를 만든다고 생각해보세요. 부서진 두개골이나 조각 난 항아리를 짜 맞추듯, 파편과 파편 사이 떨어져 나간 부분을 만들어 넣는 거예요.

134

글쓰기는 디테일에서 스케일로, 비루한 것에서 거룩한 것으로 나아가는 거예요. 그 반대로 하면 웅변이나 선언문이 되기 십상이지요.

135

멋있는 것, 지적知的인 것, 심오한 것 찾지 마세요. 피상적이고 무의미한 것에서 그 반대 방향으로 나아가는 게 시예요. 사소한 일상보다 더 잔인한 건 없어요. 죄수를 발가벗겨 대나무밭에 눕혀 놓으면, 나날이 커 올라오는 죽순竹筍에 찔려 서서히 죽어간다고 하지요.

136

대상의 모습을 다 그리려 하지 말고, 중요 부분만 포인트로 잡아내세요. 멀리 있는 대상을 줌렌즈로 끌어와 순간적으로 보여준다고 생각하세요.

137

시의 화자를 어두운 방에 들어간 도둑이라 생각해보세요. 그의 눈에 띄는 것들은 모두 그가 표현하려는 대상의 단서가 돼요.

138

마누라 예쁘면 처갓집 용마루도 예쁘다 하지요. 마누라 얘기 하지 말고 처갓집 용마루만 얘기하세요. 손님 대접 잘하는 사람은 비서와 운전기사한테 더 잘해줘요. 시는 힘 없고 초라한 것들에게 친절하게 대하는 거예요.

139

시는 깨끗한 눈사람보다, 눈 녹은 자리에 고인 약간의
물 같은 거예요. 시는 만남의 기쁨보다 먹먹한 기다림을
더 소중히 여겨요. 아직 말해지지 않은 것, 오래 기다려진
것, 이미 녹아버린 것 말고 시가 무엇을 말할 수 있을까요.

140

사소한 것이 운명이에요. 별것 아닌 이미지를 쌓아두면,
그 안에서 주제는 자연히 흘러나와요. 나선螺線 안에 직선
이 숨어 있다는 것을 잊지 마세요.

141

시를 쓸 때는 스냅사진 찍듯이 하세요. 증명사진은 엄숙
하고 힘이 들어가 있어서 감동이 없어요. 성城을 공격할 때
정문으로 쳐들어가는 것과 마찬가지지요.

142

사랑하는 사람의 얼굴을 명함판으로 봐야 무슨 애틋함이 있겠어요. 스냅사진에는 한 개인의 내밀한 순간이 들어 있지만, 명함판 사진은 곧 버려질 사회적인 가면일 뿐이에요.

143

뒷모습은 앞모습보다 더 많은 걸 보여줘요. 앞모습은 위장할 수 있어도, 뒷모습은 속일 수가 없어요. 대상의 뒷모습을 포착하는 시는 조용하게 다가오지만 오래도록 여운이 남아요.

144

손에는 얼굴보다 더 많은 표정이 들어 있어요. 얼굴이 아무리 거짓말을 해도, 손은 진실을 말해요. 고대 비극 배우들이 가면 쓰고 연기했던 것도 그 때문이에요. 그러면 손끝과 발끝, 어깨와 엉덩이에도 슬픔이 묻어나지요. 얼굴 하나로 모든 걸 해결하려는 연기자들과는 많이 달라요.

145

어떤 대상이든 포착하기에 편한 지점을 발견해야 해요. 문고리 놔두고 아무 데나 당기면 문이 열리겠어요.

146

해군 수병水兵들은 육군과 달리 머리를 약간 길러요. 물에 빠지면 건져 올리기 위해서라 하지요. 디테일이란 그런 거예요. 생명을 좌우하는 것들은 본래 사소한 것들이에요.

147

지하철 내릴 때 옷자락이 문에 끼이면 큰일 나지요. 디테일이란 그런 거예요. 그 자체로는 하찮은 거지만 전체를 위험으로 몰아넣을 수 있는 것. 디테일이 살아 있지 않은 글은 오래 입어 털이 다 빠져나간 모직 바지 같은 거예요.

148

오사마 빈 라덴 잡을 때 비서秘書의 행선을 추적했다는 얘기 아시지요. 어떤 것의 본질은 그 자체로는 드러나지 않아요. 글 쓸 때도 말단을 건드리면 본체는 따라오게 돼 있어요.

149

어떤 사람의 인생도 파란만장이에요. 그런데 기대했던 얘기가 재미없는 건 디테일이 빠져 있기 때문이에요. 에피소드를 무시하면 인생 전체를 무시하는 거예요. 디테일 없는 빤한 알레고리를 사용하지 마세요. 그러면 이야기가 두 쪽 나요.

150

칼국수에는 칼이 없다 하듯이, 시가 있을 거라 생각되는 곳에는 시가 없어요. 지금 장사 잘되는 분야에 뛰어들면 곧 망할 가능성이 많아요. 제 엄마 말 지독히 안 듣는 청개구리처럼 해야 해요. 누가 뭘 말해도 믿지 말고, 항상 반대 쪽으로 가세요. 그래야 희망이 있어요.

151

신기한 것들에 한눈팔지 말고, 당연한 것들에 질문을 던지세요. 중요한지 아닌지 생각도 안 해본 것들에 대해 쓰세요. 질문 자체가 답이에요. 어떤 의미가 있는 게 아니라 의미를 만들어가는 과정이 있을 뿐이에요.

152

우리는 사물 자체가 아니라 사물에 대한 관념을 대하는 거예요. 시는 언어를 변형하고 굴절시킴으로써, 관념에 싸여 있는 사물을 구해내지요. 하지만 구해내는 그 순간, 사물은 또 다른 관념이 되고 말아요.

153

시는 인식이 오기 전의 뒤척임이에요. 우리를 달뜨게 하는 것은 우리가 모르는 것들이에요. 수긍은 가지만 해석이 안 되는 것. 부모와 자식, 남편과 아내 사이에도 전할 수 없는 것. 가령 그토록 바라던 칭찬을 받았을 때 왜 눈물이 나는지 생각해보세요.

154

바람이 뭔지 말하기는 어렵지만, 보여줄 수는 있어요. 디테일이란 그런 거예요. 자신이 느낀 것을 전달하기 위해서는 디테일이 최상이에요. 디테일 하나는 수많은 말을 대신해요. 가령 아빠 장례식 날, 다섯 살짜리 사내애가 제상祭床 위의 촛불을 불면서 노는 모습을 무어라 하겠어요.

155

대상을 붙잡지도 말고, 놓아버리지도 마세요. 사랑할 때도 미워할 때도 그렇게 해야 해요. 그렇지 않으면 나도 대상도 망가지게 돼요.

156

시의 외양은 잡생각이고 시답잖은 농담이에요. 문제는 거기서 묻어나는 아득함과 막막함이에요. 시는 비근하고 허접한 것들의 급소를 건드리기 때문에, 어느 누구도 옴짝달싹할 수 없게 되는 거지요.

157

가젤영양의 모가지를 물고 늘어지는 하이에나처럼, 대상의 급소를 찾아내야 해요. 그것이 시의 결정적인 한 행行이에요. 그 한 행을 얻기 위해 죽을힘을 다해야 해요, 오래 굶주린 하이에나처럼……

158

대상을 표현하는 방식으로는 '회전' '반사' '이동' '확장' '축소' 등이 있어요. 회전은 자기 중심(자전)과 타자 중심(공전)이 있고, 반사는 거울에 비춰보거나 종이접기 하는 것을 생각하면 돼요. 이동은 공간을 달리해 대상의 성질이 변하는지 살펴보는 거예요(대칭). 그리고 확장하면 디테일이 드러나고(현미경), 축소하면 스케일이 나타나지요(망원경).

159

아무리 비현실적인 것이라도, 비현실적인 바탕을 만들어주면 현실적이 돼요.

160

별똥별을 보려면 불빛 없는 곳에 가야 한다 해요. 또 높은 곳에 올라가면 더 잘 보인다 하지요. 그리고 매직아이를 볼 때처럼 흐릿하게 보아야 한다고 해요. 시 쓸 때도 그렇게 해야 해요.

161

시를 쓰면서 사진이나 동영상과 경쟁하려 하지 마세요. 재현représentation을 포기할 때 시는 자유로워져요. 다만 말의 꼬임새와 세부 묘사로 승부해야 해요.

162

시체를 강에 던질 때, 묵직한 돌을 매단다고 하지요. 그 느낌으로 가세요. 대상에 대한 어떤 관심, 어떤 연민이나 호기심도 그 묵직한 느낌을 가져야 해요.

163

의미가 아니고 정성이에요. 시집가는 딸이 아버지한테
'잘 살겠습니다' 하는 그 느낌이 묻어 있어야 해요. 시 쓸
때 내가 할 일은 대상에 정성을 바치는 것뿐이에요.

164

글쓰기는 샘물을 길어 머리에 이고 오는 것과 같아요.
그렇게 힘들게 이고 와서 조심조심 독에 부어야지, 다 흘
리면 무슨 소용이 있겠어요.

165

시 쓸 때는 자기가 생각하는 것보다 더 깊이 들어가야
해요. 잠자리 같은 것 보세요, 알 깔 때 꽁지를 완전히 물속
에 잠그잖아요.

166

오랜 세월이 지나도 정분 있던 사람은 아닌 사람과 다르다 하지요. 내가 글로 써본 대상과 그렇지 않은 대상은 달라요. 대상은 기억 못 해도, 내가 남긴 자국을 내가 어떻게 잊을 수 있겠어요.

167

책받침 위의 쇳가루를 움직이려면 자석을 밀착시켜야 해요. 또 건전지 끝을 정확히 이어주지 않으면 전구에 불이 안 들어와요. 언제나 내 몸에 붙여 말하고, 단단하게 연결해야 해요. 한순간 들어왔다가도, 한순간에 나가버리는 게 시예요.

168

자기 몸에 바짝 붙여 쓰세요. 고장 난 자전거를 끌고 갈 때나, 김칫독 같은 것을 옮길 때처럼…… 느슨하게, 멀찌감치 잡으면 있는 힘도 다 빠져나가요.

169

씨름 선수가 샅바를 잡았을 때의 팽팽함이 느껴져야 해요. 말투는 나긋나긋한데, 가슴속으로 치고 들어오는 것이 있어야 해요. 무언가 바닥을 치는 느낌. 아무도 도와줄 수 없고, 안 도와줄 수도 없는 상태에 대상을 놓아두도록 하세요.

170

시는 천둥벼락이고 집중호우예요. 머뭇거리지 말고 바로 써야 힘이 있어요. 악어가 누의 목덜미를 물고 물속으로 들어가는 것 보셨지요. '저 미안하지만 손 좀 잡으면 안 될까요' 이러지 말고 바로 잡아버리세요. 안 그러면 힘들어져요.

171

항상 보여줘야 해요. 내가 왜, 어떻게 우울한지 알려고 글을 쓰는 건데, '나 우울해, 건드리지 마!' 이러면 되겠어요. 보이게 쓸 형편이 아니라면 말의 꼬임새라도 만들어야 해요. 그래야 '나'도 살고, '우울'도 살아요.

172

다시 정리해볼게요. 행갈이를 하든 안 하든 시는 시예요. 말과 말 사이 점착성粘着性을 의식하고, 되도록 쉽게 쓰세요. 중학교 이학년 이상의 말은 필요 없어요. 담장 너머 있는 사람에게 하듯 보이게 얘기하세요. 할머니가 손자 데리고 계단 올라가는 것처럼 말하세요. 아기 한 발, 나 한 발 그렇게 해야지, 안 그러면 가랑이 다 찢어져요.

173

보여준다고 해서, 다 보여주는 건 아니에요. 이야기가 밖으로 드러나면 힘이 없어요. 포르노는 두 번 다시 안 보잖아요. 윤리나 이념을 노골적으로 드러내는 것도 포르노예요. 그것들을 얘기할 때는 에로티시즘으로 하세요.

174

시 쓰기는 봉오리가 피어나거나, 풍선이 부풀어 오르는 것과 같아요. 처음에는 어떤 모양이 나올지 짐작하기 어려워요. 또 시는 재즈 연주와 비슷해요. 과정이 목표이고, 멈추는 곳이 끝나는 곳이에요.

175

시의 식탁은 수십 가지 반찬이 나오는 한정식이 아니에요. 탕湯 전문집에 가서도 반찬이 너무 많이 나오면 탕을 의심하게 돼요. 평소처럼 된장찌개 하나만 끓이세요. 된장찌개라 해도 여러가지 재료가 들어가면 국물이 탁해져요. 재료 수를 줄여야 깊은 맛이 우러나요.

176

연극에서 '삼일치 법칙'은 글쓰기에서도 유효해요. 시간 장소 사건의 단일화. 이 중에서 제일 중요한 건 사건의 단일화이고, 시간과 장소의 단일화는 도우미에 불과해요. 시 쓸 때도 이야기가 옆길로 새는 기미가 있으면 곧바로 쳐내세요.

177

시간 공간 사건을 단일하게 가져가야 해요. 한자리에 모아야 쌓이는 게 있어요. 컴퍼스로 원 그릴 때 침針이 흔들리면 안 되지요. 우물도 한군데를 파내려가야 하고, 당구도 한군데 몰아놓고 쳐야 점수가 오르잖아요.

178

한달음에 쓰세요. 생각이 들어가면 시간과 장소가 흩어지고, 사건의 흐름이 깨져요. 생각은 평소에 하고, 글 쓸 때는 아예 하지 마세요. 하지만 우리는 늘 반대로 하지요.

179

아무 일 없었던 듯이 시작하고, 아무 일 없었던 듯이 끝내세요. 이야기가 복잡하면 저네들끼리 충돌해요. 단순성이란 호들갑 떨지 않는 거예요. 말재주 좋다고 너무 돌리면, 넘어지고 나서도 넘어진 줄을 몰라요.

180

무엇보다 주파수를 맞추세요. 그러면 잡음은 저절로 떨어져 나가요.

181

시 쓸 때는 주主와 종從을 구분하세요. 공 두 개를 한꺼번에 주우려 하면 둘 다 놓쳐요.

182

부수적인 것들을 주렁주렁 엮어 이야기하면 백 프로 실패예요. 그냥 지나가는 말 하듯이, 인상 쓰지 말고 한 가지만 얘기하세요. 그래야 리듬과 이미지가 살아나요.

183

하나의 얘기는 '통뼈'가 아니라, 여러 개의 관절로 이루어져 있어요. 그 가운데 어느 하나를 다른 것으로 바꿔 넣으면 전혀 다른 얘기가 돼요. 시는 그렇게 만들어져요.

184

그럴 듯한 장면 묘사로 이루어진 시는 수사修辭에 불과
해요. 시는 대상 속에 숨어 있는 구조를 보여줘야 해요. 현
미경에 나타나는 에이즈 균처럼 균일한 아름다움!

185

골프공을 홀컵 가까이 붙이는 것을 '어프로치'라 해요.
예술 또한 서로 다른 것들을 붙여 하나로 만드는 능력이에
요. 혹은 본래 하나인 것을 여러 개로 갈라놓을 수 있는 능
력이기도 해요. 결국 서로 다른 것들을 같은 공간에 배치
하는 방식이라 할 수 있지요.

186

a를 제대로 보려면 옆에 있는 b를 보듯이 해야 해요. 그
렇지 않으면 a는 부끄러워 숨어버려. 말할 때도 마찬가
지예요. a를 표현하려면 b라는 우회로를 거쳐야 해요. a는
누가 자기 얘기 하는 걸 쑥스러워해요.

187

시에서는 다른 데로 미끄러지는 부분이 재미있어요. 한 대상에 머물지 말고 그것이 무엇과 연결되는지 살펴보세요. 너무 심각하고 진지하면 재미없어요. 애들 자꾸 야단치면 할머니 집에 놀러 안 와요.

188

시는 a+b=c, c+d=e, e+f=g······ 이렇게 붙여나가는 거예요. 인생도 그렇잖아요. 부모 사이에서 자녀가 나고, 자녀와 그 배우자 사이에서 손자 손녀가 나오지요. 그런데 우리가 쓰는 시는 대부분 부모 세대에서 끝나는 것 같아요. 억지로 시를 쓰려 하기보다, 인생을 닮으려 하면 자연히 시가 돼요.

189

로켓이 발사되면 1, 2, 3, 4단계 연료통이 떨어져나가듯이, 시도 그렇게 진행되면서 추진력을 얻는 거예요.

190

시는 라디오 안테나 끌어내듯이 1단, 2단, 3단…… 이
렇게 순차적으로 써나가는 거예요. 그렇게 해서, 지금까지
우연이라 생각했던 것이 필연으로 바뀌고, 필연이라 생각
했던 것이 우연으로 밝혀져요.

191

시는 환승하는 거예요. 여기 올 때 지산동에서 버스 타
고, 만촌역에서 전철로 갈아타서, 강창역에서 내리잖아요.
환승은 아무리 많아도 두세 번이지, 대여섯 번 하는 사람
은 없어요. 시도 꼭 그만큼이에요. 너무 자주 갈아타면 목
적지가 없는 거예요.

192

글쓰기에서 과정은 결과보다 중요해요. 글이 주는 감동
은 전달방식에 있어요. 고통을 끝까지 고통 그대로 두세
요. 너무 빨리 결론으로 가면 재미없어요.

193

시 쓰기는 불을 지피는 것과 같아요. 처음에는 눈이 맵고 따갑지만, 불이 붙으면서 차츰 어려움이 줄어들어요. 시의 주제는 이미지의 연소를 통해 전해져요. 어쩌면, 이미지의 연소만 있을 뿐, 주제는 그냥 훈훈한 불기운 같은 걸지도 몰라요.

194

시는 이미지와 메시지 사이에 있어요. 이것을 수레바퀴의 원리로 설명할 수 있겠지요. 테두리가 돌면 중심축은 앞으로 나아가요. 또 이것을 새끼 꼬는 방식에 비길 수도 있어요. 손으로 짚을 비벼주면 새끼줄은 위로 올라가요. 직선운동은 원운동을 통해 가능해져요.

195

글쓰기는 우리가 지금 있는 방에서, 좀더 인간적인 방을 찾아가는 거예요. 그곳에서는 모든 것이 달라져요. 물그릇 속 젓가락이 휘어져 보이는 것처럼 말이에요.

시

196

시의 밑바닥에는 인생이 있어야 해요. 아, 이게 인생이구나, 하고 느껴지면 제대로 씌어진 시예요. 그렇지 않으면 쓸데없는 일을 한 거예요.

197

시는 자기 삶을 살아내고, 자기 죽음을 죽으려는 의지예요. 달리 말해 '살다' '죽다'라는 자동사를 타동사로 바꾸려는 의지이지요.

198

시는 임사체험臨死體驗이고 임종 연습이에요. 죽음에 대해 아무 기대를 할 수 없듯이, 시에 대해서는 아무것도 기대하지 마세요. 시는 아무도, 어떻게도 손을 댈 수가 없는 거예요.

199

시는 살아 있는 순간이 곧 죽어가는 순간이라는 걸 말해줘요. 더 이상 나아갈 수 없는 절벽 위에서, 지나온 삶을 한 번 되돌아보는 것. 시는 마지막 표정 하나 얻는 거예요.

200

어릴 때 시골에서 잔칫날엔 꼭 돼지를 잡았어요. 목을 따고 그 밑에 양재기를 받쳐 놓으면 시뻘건 피가 쏟아져 나와요. 좀 지나면 죽어가는 돼지가 숨을 헐떡거릴 때마다 벌컥벌컥 피거품이 떨어져요. 죽기 전에 제가 꼭 써보고 싶은 시의 리듬은 그런 거예요.

201

우리는 어차피 다 망하게 되어 있어요. 그 사실을 자꾸 상기시켜, 어쩌든지 편하게 살려는 사람들을 어쩌든지 불편하게 만드는 게 시예요.

202

글을 쓰나 안 쓰나 우리는 망하게 되어 있어요. 글로써 우리가 할 수 있는 일은 세상에서 위로받을 수 있는 건 아무것도 없다는 걸 확인하는 것뿐이에요.

203

시는 기도예요. 하느님한테 뭐 해달라고 조르는 기도가 아니라, 어쩌든지 당신 뜻대로 살겠다는 약속이지요. 시는 번제燔祭예요. 희생 제물을 까맣게 태워 아무도 못 먹게 만드는 거예요. 더 잃을 것이 없기 때문에, 시는 비로소 안심이 되는 자리예요.

204

『주역』의 '수뢰水雷 준屯' 괘는 물 밑에서 우레가 솟는 형상인데, 창조와 신생의 간난艱難을 의미해요. 특히 屯이라는 글자는 어린 싹이 땅속에서 뒤틀리며 어렵게 올라오는 모습을 하고 있어요. 출구 없는 상황에서 어떤 식으로든 살아 나가기 위해 몸부림치는 것. 시도 그렇지 않을까 해요.

205

인간의 한계와 삶의 한계는 같은 것이고, 그것이 곧 시의 한계예요. 시는 그것 없이는 살 수 없는 어떤 것에 대한 탐구와 모색이에요. 그것을 제외한 모든 것에 대한 부정否定은 시가 할 수 있는 긍정적인 일이에요.

206

문학은 외줄 타는 광대의 막대기와 같아요. 막대기는 흔해빠진 것이지만, 줄타기하는 사람에게는 생명이에요.

207

문학은 허기로서 가 닿아야 해요. 허기진 얘기는 골백번 들어도 늘 새로워요. 이 허기는 하느님도 못 건드려요.

208

그늘의 이미지가 있어야 느낌이 깊어져요. 뱉을 수도 삼킬 수도 없는 거북함이 있으면 더 좋지요. 시는 그런 느낌 하나 얻으려고 쓰는 거예요.

209

번역도 해석도 안 되고, 그렇다고 던져버릴 수도 없는 게 시예요. 그래서 시는 읽고 또 읽을 수 있는 거예요.

210

시는 고통스러운 거예요. 대상에 상처를 내고 그 맨얼굴을 드러내기 때문이지요. 좋은 시는 실성한 사람의 헛소리에 가까워요. 여러 번 읽어도 잘 모르지만, 한 번 읽고 나면 두고두고 잊히지 않아요.

211

최근에 한국에 온 교황님 말씀이에요. "지금 우리가 누리는 평화는 남에게서 빼앗은 것입니다." 이보다 더 뼈아픈 시가 있을까요. 시는 우리 심장에 정확히 꽂혀, 다시는 안 빠지는 화살이에요.

212

거짓과 문화는 안락하지만, 진실은 불편해요. 시 쓰기는 자기와 남을 불편하게 해서 진실을 밝히는 거예요. 혹은 진실을 밝힘으로써 자기와 남을 불편하게 만드는 거예요.

213

시는 의미를 유예시키거나 정지시킴으로써 독자를 무감각에서 깨어나게 해요. 우리 몸 어딘가에 아픈 구석이 늘 있듯이, 시에도 아픈 구석이 하나씩 있어야 해요.

214

글이 착하면 재미가 없어요. 약간 싸가지 없고 톡톡 튀는 것도 매력이 없지 않아요. 무엇보다 살기殺氣가 서려 있어야 해요. 당연히, 쓰는 사람 자신을 겨냥한 살기이지요.

215

시는 독자를 소스라치게 만드는 귓속말이에요. 전에 어떤 학생 하나가 '교수님, 귀 좀 빌려주세요' 하고는 입에 담지 못할 욕설을 속삭였다고 해요. 또 시는 자신을 위태롭게 만드는 혼잣말이에요. 최근에 어떤 여자가 남편하고 자다가, 다른 남자 이름을 불러서 목 졸려 죽었어요.

216

어떤 글에나 피가 도는 한순간이 있어야 해요. 슬로우비디오로 권투선수 턱 돌아가는 모습 보셨지요. 움푹 들어가는 그 느낌을 독자가 갖게 해야 해요.

217

시는 침술鍼術과 같아요. 문제 되는 부위를 정확히 찔러 통증을 진정시키는 것. 투약이나 수술 없이도, 약간의 아픔만으로 고통을 제거할 수 있다는 것. 시는 한의학과 마찬가지로 오랜 전통이에요.

218

정확한 자리에 침을 꽂으면 다른 물리치료가 필요 없어요. 맞으면 턱이 홱 돌아갈 정도로 써야 해요. 잉카의 사제司祭가 여자아이 심장을 꺼내는 느낌으로 써야 해요. 절망의 한가운데서는 절망스럽다는 느낌도 없어요. 그냥 불쾌할 뿐이지요.

219

꽁꽁 얼어붙은 한겨울보다는, 옷깃에 스며드는 삼월 추위처럼 써야 해요. 죽은 청설모가 아무 일 없는 듯이 솔밭 위에 누워 있는 그 느낌이 시예요.

220

시는 막다른 골목에 서 있는 사람의 낮은 한숨 소리 같아야 해요. 혹은 문제 되는 지점을 제대로 통과했을 때 나는 부저 소리 같아야 해요. 그렇지 않으면 장애물을 비껴가는 쉬운 길을 택한 거예요.

221

읽고 나서 '그래서?' 라는 말이 나오면 한참 덜 씌어진 시예요.

222

프로이트가 말하는 '꿈 작업'의 네 가지 방식은 시 창작의 방법이기도 해요. 응축 condensation, 이동 déplacement, 형상화 figuration, 이차적 가공 élaboration secondaire. 이 공정工程들을 통해 잠자는 사람의 욕망이 성취되듯이, 도무지 말할 수 없는 것을 어떻게든 말하는 것이 시의 '소원 성취'예요.

223

체인 감긴 페달과 벗겨진 페달 밟는 건 많이 다르지요.
인생이 편하지 않은 한, 시도 편하면 안 돼요. 사랑할 때나
운동할 때처럼, 좀 힘든 부분이 있어야 제대로 된 시예요.

224

시는 기지旣知에서 미지未知로 향하는 팍팍한 여행이에
요. 뜨거운 사막을 기어가는 뱀의 뱃가죽을 생각해보세요.
그러나 그것도 언젠가는 발바닥으로 걷는 것처럼 익숙해
지겠지요.

225

시는 기지旣知의 것에서 미지未知의 것으로 가는 짧은 여
행이에요. 그 여행에서 하나의 앎이 만들어지고, 그 여행
에서 돌아올 때 우리는 다른 사람이 되지요.

226

시의 화자의 말이 유창하면 독자는 믿음이 안 가요. 말을 잘한다는 건 자전거 바퀴의 체인이 벗겨진 것과 같아요. 좀더 어눌하게 이야기하세요. 우리가 쓰는 대부분의 시는 원목原木이 아니라, 베니어판에 원목 무늬 비닐을 붙인 거예요.

227

시는 곶감에 분粉이 나는 것과 같아요. 자기 시에 분 안 난다고 밀가루 처바르면 되겠어요.

228

조화造花로 꾸민 다방은 장례식장 느낌이 나지요. 마른 꽃 같은 시를 쓰지 말고, 촉촉한 생화生花를 피워내야 해요.

229

시적 외양은 다 갖춰졌는데 와 닿지 않는 이유가 뭘까
요? ○말의 꼬임이 없다. ○너무 복잡해서 흐름이 안 보인
다. ○안 깎은 연필 글씨처럼 표현이 뭉툭하다. ○말의 드
리블이 느리거나 서툴다. ○빌려 입은 옷처럼 멋 부린 느
낌이다. ○세부가 없이 너무 담방하다. ○빤한 말장난을
하고 있다. ○처음부터 하려는 얘기가 다 보인다. ○머릿
속에 그림이 잘 안 그려진다. ○억지로 짜맞춘 느낌이다.
○이 시를 왜 썼는지 이해할 수 없다.

230

시는 언제나 '젊은 시'예요. 시의 깊이는 불화不和에서
생기고, 시의 감동은 열정에서 나와요. 시가 만약 재능이
라면, 우리가 무슨 수로 나비나 공작새를 따라갈 수 있겠
어요.

231

파카 볼펜의 화살 표시 아시지요. 쉽게 들어가지만 나올
때는 도무지 안 빠지는 화살촉 같은 시를 써야 해요.

232

시를 대하는 태도를 바꾸어야 해요. 이미 칠해놓은 판 위에 아무리 다른 칠을 해도 헛일이에요. 시의 뿌리는 감춰둬야 해요. 뿌리가 드러난 나무는 곧 죽어버려요.

233

진술陳述의 힘은 저항에서 나와요. 한 번 읽고 나면 내용이 다 드러나는 시는 아름답지 않아요. 시는 한 겹 한 겹 살 껍질 벗기는 맛으로 읽는 거예요.

234

시는 옷과 같아요. 안 보여주려고 가리는 것이지만, 가리면 더 많은 것이 보이게 돼요. 하지만 완전히 덮어버리면 홀딱 벗기는 것과 마찬가지로 재미없어요. 시는 '보일 듯이, 보일 듯이, 보이지 않는……' 상태로 남아 있어요. 깊은 물 속에 빠져 있는 백동전, 닿을 듯 닿을 듯…… 끝내 잡을 수 없는 그것이 시예요.

235

시는 정말 해야 할 말, 하고 싶은 말을 끝내 안 하는 거예요. 전에 어떤 프랑스 영화에서 '랑드뤼'라는 살인범은 형장刑場으로 가는 길에도, 자기 변호사에게 실토를 안 하더라고요.

236

다 보여주는 시는 쉽게 허락하는 시이고, 조만간 버림받게 돼요. 시는 숨어 있어야 해요. 시는 본래 알몸이기 때문에, 밖으로 나가면 '남사스런' 일이에요.

237

테니스 스트로크할 때처럼, 글 쓰는 사람은 자기 '가슴'을 보여주면 안 돼요. 어느 쪽으로 말을 보낼지 독자가 눈치 채기 때문이지요. 할머니들 화투하듯이 자기 패를 다 보여주면 안 돼요. 글쓰기는 여자들 허리춤으로 불쑥 손이 들어오듯이 해야 해요.

238

아무리 멋진 생각이라도 시에서는 드러내지 마세요. 그
대신 자기가 쓴 시를 통해 독자들이 멋진 생각을 하도록
하세요.

239

시는 말하는 게 아니라, 말을 숨기는 거예요. 혹은 숨김
으로써 말하는 거예요. 슬픔을 감추는 것이 슬픔이에요.
슬픔에게 복수하려면, 슬픔이 왔을 때 태연히 시치미를 떼
야 해요. 그것이 시예요.

240

시인은 입을 닫고 보여주기만 할 뿐이에요. 입을 열더라
도 헛소리만 할 뿐, 계속 딴전을 피워야 해요. 독자가 이해
하는 순간, 시는 죽어버려요.

241

예술의 역할은 은유를 통해 세상을 바꾸는 거예요. 그런데 어떤 은유든 하나의 의미를 드러내는 동시에 다른 의미들은 가려버려요. 그 때문에 예술은 일회적이지만 영원할 수 있어요.

242

시는 말을 잘하는 게 아니라 못 하는 데 있어요. 깊은 물속에 돌을 던지고 나서, 아무 소리도 들리지 않으면 막막하지요. 그처럼, 쓰고 나서 아득히 가라앉는 느낌이 있어야 해요.

243

『피아노 이야기』라는 책에 나오는 얘기예요. "나는 음표는 몰라도, 쉼표 하나는 다른 연주자들보다 잘 연주할 수 있다." 참 무서운 말이에요. 이런 느낌의 시를 쓸 수 있다면, 부처님처럼 제 몸을 나찰羅刹에게 내주어도 아깝지 않을 거예요.

244

수영은 팔이 아니라 다리로 한다고 해요. 시도 마찬가지예요. 비유 쓰고, 멋 부리고, 개똥철학 하고, 뭔가 있어 보이려 하고…… 시가 뭔지 알기 전에는 그러는 게 당연하겠지요. 하지만, 그런 것 하면 안 되고, 어쩌든지 그런 것 안 하려는 게 시예요.

245

메시지가 앞에 나가면 읽을 맛이 떨어져요. 한 행 한 행 퀴즈 풀듯이 써 나가야 해요. 자기가 던진 질문에 자기가 대답하고, 그 답이 다시 질문이 되도록 하세요.

246

전체 틀을 만들어놓고 쓰니까 울림이 없잖아요. 독자가 다 아는데도 말이에요. 한 행 쓸 때 오로지 그 행에만 집중하세요. 한 행이 진실하면 모든 행이 진실해요.

247

시 쓰기는 일종의 서바이벌 게임이에요. 내가 쓴 첫 구절을 감옥이라 생각하고, 살아나갈 길을 만들어야 해요.

248

글쓰기는 사각의 링에서 코너에 몰린 선수같이 해야 해요. 코너에 몰렸다가도 링의 반동을 이용해 튕겨 나오는 것이지요.

249

시 쓰기는 휘파람 부는 것과 같아요. 우선 소리가 나오는 자리부터 알아야 해요. 자꾸 다듬어서 예쁘게 하려 하지 말고, 방향을 트세요. 지금 앉은 자리에서 고개만 돌려도 다른 풍경이 보이잖아요.

250

여기 구부러진 선線 하나가 있어요. 어떤 사람은 이 선을 연결해서 토끼를 그릴 거고, 또 어떤 사람은 오리를 그릴 수도 있어요. 그처럼 앞으로 무슨 그림이 나올지 모르는 게 시예요. 시는 도무지 예상할 수 없는 거예요.

251

지난번에 우리 함께 시 쓴 것 생각해보세요. 첫 구절이 "저기 누가 있는지 모른다"였지요. 그다음 사람이 받아서, "딸딸 끌고 온 푸른 슬리퍼 벗어놓고"라 했어요. 그다음이 "문 열고 내다볼 생각도 않고……" 또 그다음이 "저 슬리퍼 끌고 오는 데 몇 년이 걸렸을까"였고, 마지막으로 "저 슬리퍼 벗어놓는 데 또 몇 년이나 걸렸을까" 하고 덮어주었지요. 마지막 구절이 저렇게 놓이는 게 좋아요. 그러면 슬리퍼 하나로 인생 전체를 이야기하는 게 되지요. 이건 무슨 대단한 지혜도 아니고, 쓰다 보니까 저절로 얻게 되는 거예요.

252

시적인 것은 일탈逸脫에서 나와요. 신경증이 곧 시는 아니지만, 시는 신경증적인 것이에요. 시는 일관성 있는 헛소리예요. 일관성만 있거나, 헛소리만 있다면 시는 자취를 감춰요.

253

시는 낯선 것을 익숙하게 하고, 익숙한 것을 낯설게 해요. 시를 쓸 때는 일단 모르는 데서 시작하세요. 모르는 쪽으로 손을 벌리고, 모르는 쪽에 기대야 해요. 진정한 시는 한 번도 시라고 생각해본 적이 없는 것이에요.

254

미국에는 150미터 높이의 나무들이 있다고 해요. 이 나무들은 물을 뿌리로 안 먹고, 잎이나 줄기로 빨아들인다고 해요. 지나가는 새벽안개나 구름을 마시는 거지요. 시도 그렇지 않을까요. 가지 대신 뿌리에 꽃이 피는 나무가 있다면 시도 그런 걸 거예요.

255

원뿔은 위에서 보면 점, 아래서는 원, 옆에서는 삼각형, 비스듬히 자르면 타원이 돼요. 그 모두이면서 그 무엇도 아닌 것. 시도 그렇지 않을까요. 시는 꽃이 닭이라고, 더 정확히 말해 꽃이 닭이었고, 닭일 거라고 말하는 거예요.

256

항상 거꾸로 가야 해요. 시는 희미한 것을 뚜렷하게 하고, 안 보이는 것을 보이게 하고, 같은 것을 다르게 하고, 없는 것을 있게 해요. 지금 나는 '살아 있다' 하는 대신 '죽어가고 있다'고 말하세요. '희망은 절망이다'라고 말하고 나서, 그것을 증명하는 게 시예요.

257

우연을 필연으로 바꾸는 시적 상상력은 과학적 상상력과 다른 게 아니에요. 시 또한 문제 해결의 과정이고 정밀한 실험이에요. 하지만 또한 장난이고 게임이라는 사실을 잊지 마세요.

258

현재를 보면 과거를 알고, 관념을 보면 물질을 알고, 상태를 보면 동작을 알고, 기하를 보면 대수를 아는 것, 그게 시예요.

259

시는 머릿속 잡념이 지나가는 속도예요. 시의 느낌 또한 오만 잡탕이에요. 불분명한 안주와 소주 냄새로 뒤범벅이 되어 키스하려고 달려드는 사랑스런 그이…… 이 기분을 뭐라고 하겠어요.

260

좋은 사람 좋아하는 게 무슨 사랑이겠어요. 사랑할 수 없는 것을 사랑하는 게 사랑이지요. 그처럼 표현할 수 없는 것을 표현하는 게 시가 아닐까 해요.

261

모호한 게 제일 정확한 거예요. 왜? 인생이 본래 모호하기 때문이에요. 알 듯 모를 듯해야 말에 힘이 붙어요. 시가 철학이 아니라고 할 수는 없지만, 철학하고 있다는 걸 들키면 개똥철학이에요. 시에서는 폼 나는 말 안 하는 게 폼 나는 거예요. 뭐 좀 안다고 자랑하지 마세요. 본래 모르는 거예요.

262

철학적으로, 추상적으로 말할 때 시는 천리만리 도망가요. 그냥 아무것도 모르는 사람처럼 중얼거리세요. 실성한 말보다 더 생생한 말은 없어요. 독자가 내 헛소리에 귀 기울이게 하세요. 그렇게 하려면 내가 먼저 실성해야 해요. 그래야 독자가 믿고 따라와요.

263

자기도 이해 못 하는 말을 남에게 이해하라 하면 사기예요. 선시禪詩는 시의 절정 같지만, 사실은 시가 무너지는 지점이에요.

264

정말 좋은 철학은 철학이라는 느낌이 없어요. 너무 진지하고 심각한 애기로 독자에게 부담감 주지 마세요. 내 생각은 그냥 먼 바다에 툭 던져놓고, 딴 애기만 하세요. 말의 에너지는 묻어둘수록 커져요.

265

문학은 무언가 만들어서 얻게 되는 게 아니고, 버려서 얻어지는 거예요. 세상에서 중요하다고 생각하는 것들을 다 버린 다음이 문학이에요. '얻으려 하면 잃을 것이고, 잃으려 하면 얻을 것이다'라는 말은 문학에도 해당돼요.

266

애들 야단칠 때, 먼저 노여움을 가라앉히라 하지요. 그러지 않으면 자기한테 화낸다고 생각해요. 또 너무 큰 잘못을 저질렀을 때는 야단치지 말라고 해요. 저도 이미 알고 있을 테니까요. 시 쓸 때도 그렇게 해야 해요. 시에 감정을 실을 게 아니라, 감정을 누그러뜨린 다음 시를 써야 해요.

267

우리는 문화 속에 살지만, 삶에서 문화가 차지하는 부분
은 아주 작아요. 한 발만 내디디면 막다른 골목이지요. 문
화는 아파트 안방과 같아요. 아무리 멋져 보여도 장판지만
걷어내면 시멘트 바닥이에요. 시는 문화가 미처 가리지 못
한 야생지_{野生地}예요.

268

칠판을 다 지워도 그 밑에 글자의 흔적이 남듯이, 우리
의 기억이 사라져도 지워지지 않는 흔적이 있어요. 시는
남아 있는 그 흔적을 옮겨 놓는 거예요.

269

당나귀와 얼룩말 사이에서 태어난 이상한 녀석을 '제동
크'라 해요. 참 희한하게 생겼어요. 몸통은 당나귀인데, 다
리엔 얼룩말 줄무늬가 있어요. 시는 그 줄무늬 같은 것 아
닐까 해요.

270

인간중심주의에는 각角이 없어요. 문화는 각을 지우는 것이고, 각을 만드는 건 반문화反文化예요. 허허벌판에서 일자무식, 땡전고리도 없어야 각을 만들 수 있어요. 시 또한 계급장 떼고 맞붙는 거예요.

271

시적 인식은 옛날 역마驛馬를 갈아타는 식으로 이루어져요. 그 반대가 이런 경구警句예요. '그럴 듯한 한 마디 말은 천 년 동안 나귀를 묶어두는 말뚝과 같다.'

272

자기 해석을 덧붙이지 마세요. 요즘 하는 말로 '내가 해봐서 아는데……' 이러면 독자는 책을 탁 덮어요. 뭐든 '보이게' 쓰세요. 깜깜한 데서 웅얼웅얼하면서 '나 여기 있는데……' 하면 독자는 자러 가요. 독자를 끌고 '스무 고개' 넘지 마세요. 서너 고개면 충분해요.

273

약한 사람일수록 말을 강하게 해요. '가장' '제일' '최고' 등의 최상급을 입에 달고 다니면, 신경증 환자에 가깝다 하지요. 시를 쓸 때도 말을 강하게 하면, 간신히 지펴놓은 불에 물 뿌리는 것과 같아요.

274

『주역』에 '왕용삼구王用三驅'라는 말이 있어요. 왕이 사냥 할 때 세 면은 막고 한 면은 터준다는 거예요. 사냥감에게 도 빠져나갈 구멍 하나는 내주는 거지요. 좋은 시는 결론 을 내리지 않아요. 내리지 않은 결론이 시를 보호하는 거 예요.

275

다 보고 나서도 한 번 더 봐야 안 보이는 것을 볼 수 있 어요. 남의 말 들을 때는 말과 말 사이 침묵도 같이 들어야 해요. 이것이 정말 끝이라고 생각하는 지점에서 한 발 더 나아가야 해요. 빛이 사라져도, 사라졌다는 그 느낌은 남 아 있잖아요.

276

모든 사연을 지워버리고 '그리고'로 시작해보세요. 우리 안의 내밀한 상처, 미처 돌보지 않은 거친 것들이 올라올 거예요. 우리의 참 모습은 '그리고' 이후예요.

277

야단맞은 아이들 자면서도 훌쩍거리던 모습, 잊히지 않아요. 그렇게 풀어주지 못하고 떠나온 것들 참 많지요. 이번 가을 오고 또 가고, 내년에 다시 올 것 같지만 영영 안 올 수도 있어요. 사랑을 못 받아도, 못 주어도 응어리가 남아요. 그 응어리를 뒤늦게 풀어주려는 게 시예요.

278

다친 새끼발가락, 이것이 시예요.

279

발레리나 강수진의 발 보셨지요. 토슈즈를 신느라 발가락이 짓물러 다 뭉그러졌어요. 공연할 때는 거기다 쇠고기를 바른다고 해요. 그게 시예요. 시는 달리 어떻게 할 수 없는 것이에요.

280

우리의 일상은 얼다가 녹다가 하는 일의 반복이에요. 이지루한 아름다움! 우리가 결정하고 통제할 수 있는 것은 얼마 되지 않아요, 오직 견디는 것뿐. 위로 안 받기 위해, 좀더 강해지기 위해 우리는 시를 쓰는 거예요.

281

겨울에 오줌 누고 나면 몸을 살짝 떨게 돼요. 체온이 떨어졌기 때문이라 하지요. 시 읽고 나서도 잠깐 떨게 돼요. 사시나무 떨 듯 하는 건 아니고…… 시도 오줌도 늘 되풀이되는 일상에서 나오기 때문이겠지요.

282

시는 대단한 게 아니에요. 그냥 식당에서 나올 때 뒷사람 구두를 돌려놓아 주는 거예요. 시는 미운 데서 예쁜 데로 조금 옮기는 거예요. 그것도 아니라면, 긴 꿈에서 잠깐 깼다가 다시 잠드는 거예요.

283

옛날 어떤 스님은 목욕하고 나서 수건을 안 썼다고 해요. 자기 때[垢]가 세상에 남기 때문이라지요. 세상에서 제일 예쁜 것도, 제일 미운 것도 사람이라 하지요. 미운 건 밉게 보는 것이고, 예쁜 건 예쁘게 보는 거예요. 미운 데서 예쁜 데로 어떻게든 한 번 눈길을 주는 게 시예요.

284

골프는 '중심 이동'과 '궤도'가 전부라 하지요. 시 또한 자아에서 타자로, 속된 것에서 속되지 않은 것으로 중심을 옮기면서, 가장 크고 아름다운 궤도를 만드는 거예요.

285

야구에 비해, 시의 스트라이크 존zone은 독자마다 달라요. 시라는 공은 현실에 균열을 낼뿐더러, 스트라이크 존 자체를 우그러뜨리는 거예요.

286

시는 틈새 만들기 그 이상도, 이하도 아니에요. 우리는 시가 만든 틈새만큼 숨 쉴 수 있어요. 그 틈새만큼이 인간의 자리예요.

287

삶을 바꾸는 대신, 삶을 바라보는 시선을 바꾸려는 게 글쓰기예요. 경상북도 속으로 대한민국이 쏙 빨려 들어가는 일은 글쓰기를 통해 언제나 가능해요.

288

몇 가지 유의사항이에요. 우선 각주脚註가 필요하면 시가 아니에요. 시는 다른 정보가 필요 없어야 해요. 또 '원샷'으로 가야지, 뒤로 돌아가 뜻을 찾으면 한참 늦어요. 그리고 전체를 다 그리면 아무것도 안 그린 거나 마찬가지예요. 부분을 그려주면 그 안에 전체가 다 들어와요.

289

시의 감동은 내용에 있는 게 아니라 전달 방식에 있어요. 무얼 쓸지 고민하지 말고 그냥 쓰세요. 제사 잘 지내면 제삿밥은 거저먹기 마련이에요.

290

옛날 신라 사람들 다 사라져도 포석정 물길은 남아 있지요. 처다보던 사람들 다 지나가도 하늘의 애드벌룬은 그대로 떠 있지요. 그처럼 우리가 없어져도 '시'는 남을 거예요. 뇌수가 빠져나간 해골처럼…… 슬픔도 기쁨도, 꿈도 꿈꾸는 사람도 없이……

시
작

詩作

291

시의 화자와 시인은 링 안의 권투선수와 바깥의 코치와 같아요. 시라는 틀 안으로 못 들어가는 시인은 틀 안에서 움직이는 화자에게 모든 걸 맡겨야 해요.

292

시의 화자는 스스로 도망가지 못하게 몸을 꽁꽁 묶어, 제 새끼가 뜯어 먹도록 하는 '염낭거미'와 같아야 해요.

293

시의 화자는 시인을 대신해 대상 속으로 들어가는 '내시경' 같은 존재예요. 화자를 통하지 않는다면 어떻게 내부를 들여다볼 수 있겠어요. 또 화자는 '드론'이라는 무인비행기 같은 존재예요. 시인이 올라갈 수 없는 위치와 각도에서 대상의 외부를 살필 수 있지요.

294

편지 쓸 때마다 우리는 이상한 공간을 경험하게 돼요. 평소 반말 하던 친구나 아내에게 자연스럽게 존댓말을 쓰게 되지요. 일상 안에 있으면서 일상과는 다른 공간, 시의 화자가 머무는 곳도 그런 공간이 아닐까 해요. 나이와 남녀, 생사生死의 구분이 생겨나기 이전이거나 소멸한 이후인 그곳에는 시의 화자만이 들어갈 수 있겠지요.

295

시골에서 타작할 때 쓰는 도리깨라는 게 있어요. 손잡이 장대 위에 빙빙 도는 막대기가 달려 있어서, 그걸로 마당의 곡식을 털지요. 도리깨 돌리기가 어려운 건 그 둘을 나누어 생각해야 하기 때문인데, 골프도 같은 원리라 해요. 좀처럼 익숙해지기 어려운 이 원리는 또한 시의 원리가 아닐까 해요. 시는 시인이 쓰지만 실제로 말하는 건 화자예요. 그걸 잊어버리면 아이들 싸움에 부모가 끼어들거나, 장기 두다가 서로 멱살을 잡는 것과 같은 일이 생겨요.

296

'수성못' 가서 오리 헤엄치는 것 보셨지요. 아무 힘 안 들이고 떠가는 것 같지만, 그 밑에서 오리발이 얼마나 분주히 움직이겠어요. 또 '오리배' 탈 때 나는 열심히 페달을 밟지만 배는 그냥 앞으로 나가지요. 꼭 그만큼이 시인과 화자의 차이가 아닐까 해요.

297

한 수 안에 백 수가 다 들어 있어요. 문 열 때 내 손가락이 구멍으로 들어가는 게 아니라, 열쇠가 들어간다는 걸 잊지 마세요.

298

무의식 자체는 아무 의미가 없어요. 무의식이 연결될 때, 즉 구조화될 때 그것이 하려는 말을 알게 돼요. 자면서 꾸는 꿈이나 정신병자의 헛소리가 시적이긴 하지만, 시가 안 되는 이유도 거기 있어요.

299

무의식에는 의식의 빛이 필요하고, 의식에는 무의식의
에너지가 필요한데, 그 상호교환을 가능하게 하는 게 글쓰
기예요. 다만 글쓰기를 통해 맹수가 설치는 정글이 아니
라, 길들여진 동물원을 만든다고 생각하세요.

300

글쓰기가 놀이이고 모험일 때만, 무의식과 강박관념과
트라우마가 개입해요. 그렇지 않다면 아무리 멋지고 치밀
하게 묘사한들 무슨 소용이겠어요. 세수 안 하고 화장하는
것과 마찬가지지요.

301

예술가는 욕망에서 진실을 보는 사람이에요. 욕망이 나
한테서 스스로를 발견하게끔 판을 열어줘야 해요.

302

시를 만들려 하지 말고, 시가 깃들게 하세요. 냇물을 만들 수 없지만, 지나가게 할 수는 있잖아요. 물속의 고기는 그냥 건져 올리기만 하면 되잖아요. 억지로 시를 만들려고 하니까 힘만 들고 싱싱하지도 않아요.

303

시는 나를 통과해 씌어지는 거예요. 생각이 뻗어나가도록 가만히 두세요. 시를 통해 이전의 관념에서 벗어나는 순간, 이전의 '나'는 사라져요. 한 편의 시를 쓸 때마다 내가 잘 죽어야 해요.

304

글을 쓸 때는 내가 글의 품 안에 들어 있다고 생각하세요. 글은 내가 맺어주지 않아도 스스로 맺어지게 돼 있어요. 글쓰기는 머리가 아니라, 말이 하는 거예요. 써나가다 헛소리가 튀어나올까 봐 겁내지 마세요. 너무 튀면 나중에 잘라주면 되니까요.

305

골프에서는 공을 안in에서 바깥out으로 쳐내야 한다 해요. 그러면 공이 바깥으로 빗나갈 것 같지만, 그렇게 해야 궤도가 커지고 몸통의 힘이 실려요. 내 것으로 보이는 것만 내 것이라 생각하면 시야가 좁아져요. 시 쓸 때도 바깥으로 밀어낸다는 느낌으로 해야지, 안 그러면 시가 얇아져요.

306

전혀 시가 안 될 것 같은 걸로 첫 구절을 시작하세요. 시는 써도 써도 모르는 거예요. 그러나 쓰다 보면, 이걸 내가 썼나 싶은 구절이 나오기도 해요. 당연히 내가 쓴 게 아니지요. 시가 쓴 거예요.

307

시는 알고 쓰는 게 아니라, 쓰는 가운데 알게 되는 거예요.

308

'가렵니, 가렵니, 두렵니……' 이렇게 헛소리하듯 시작
해보세요. 헛소리는 늘 자기 내면에 가까워요. 뭔가 욕심
내어 꽉 잡고 말하면 빨리 지쳐요. 일일이 말하지 말고 틈
새를 두세요. 손에 힘을 빼세요. 힘이 들어간다는 건 알맞
은 자세를 취하지 않고 있다는 증거예요.

309

시의 중심은 자기 안에 있어요. 자기 방에 들어가는데,
쓸데없이 꾸미고 차려입지 마세요.

310

일상에서 헛소리는 시에서 진실이에요. 어떤 대상에 대
해 글을 쓴다는 것은 그것의 상담사가 되는 거예요. 글쓰
기의 대상을 신경증 환자라고 생각하면 돼요.

311

작가는 언어의 심부름꾼이지, 넝마주이가 아니에요. 글쓰기는 내가 아니라 언어가 하는 거예요. 잘 말하기 위해서는 잘 들으세요. 아무것도 쓸 자신이 없다고 느낄 때가 쓰기 시작해야 할 순간이에요.

312

미션이 주어지면 아무 데서나 연기할 수 있어야 해요. 오늘은 이렇게 한번 시작해볼까요. '선생님, 이 방엔 햇빛이 너무 많이 들어와요.' 저도 같이 쓰고 나중에 읽어드릴게요.

313

시를 쓸 때, 내 얘기하기 위해 남을 디딤돌로 삼지 마세요. 시는 내 얘기 눌러 두고 남 얘기 듣는 거예요. 그게 정말 이야기 잘하는 거예요. 시는 공략이 아니라 수용이에요. 수용이란 상대를 능동적으로 받아들이는 거예요. 유도선수 보세요. 들어오는 상대를 받아 안아서 넘겨버리잖아요.

314

시 쓸 때는 한 행 쓰고 나서 다음 행이 잘 올라오는지 지켜봐야 해요. 다음 행에서 무슨 얘기가 나오든 결국 자기 얘기예요. 시 쓰는 건 말 등에 올라타서 고삐로 방향을 틀어주는 것과 같아요. 그게 쓰는 사람이 해야 하고, 할 수 있는 일이에요.

315

일전에 하도 글쓰기에 자신이 없어서 적어본 거예요. ○내가 쓴 글은 내 글 이상도 이하도 아닌 정확히 나의 글이다. 왜냐하면 내 글은 나 자신이기 때문이다. ○지금 내가 쓸 수 없는 것들은 언젠가 다른 글에서 다른 방식으로 씌어질 것이다. 왜냐하면 모든 것은 서로 연결되어 있기 때문이다. ○나는 나 자신을 위해 그리고 다른 사람을 위해, 내가 보고 듣고 느낀 것을 써야 할 의무가 있다. 왜냐하면 그때 그곳에 내가 있었기 때문이다. ○나는 지금 이 자리에서 아무 생각 없이 빨리 써 나가야 한다. 왜냐하면 나의 몸과 기억이 함께할 것이기 때문이다.

316

원반 던질 때는 꼭 잡고 여러 번 돌리다가 마지막에 가서 풀어줘요. 끝까지 잡고 있어도 안 되고, 너무 일찍 풀어줘도 안 돼요. 시의 경우에도 마찬가지예요. 시인은 마지막에도 풀어줄 줄 모르는 엄숙주의자와, 처음부터 풀어버리는 딴따라 사이에 있어요. 잡아야 할 때 잡고 풀어야 할 때 푸는 게 중요하지만, 그보다 더 중요한 건 잡을 때와 풀 때를 아는 '감感'이에요.

317

좋은 시를 패러디하다 보면 시 쓰는 느낌을 알 수 있어요. 축구경기 보는 것하고 비슷해요. 아, 여기서 공을 돌리는구나. 여기서 패스하는구나. 아, 여기서 코너킥하고, 저기서 헤딩하는구나. 그 느낌을 살려서 자꾸 해보면 나도 그렇게 할 수 있어요.

318

시인은 상주喪主보다 더 슬플 수 있어요. 곁다리라서 본질을 건드릴 수 있는 것이지요.

319

시에 대한 이야기는 언제나 다른 것에 대한 이야기예요. 또 어떤 것에 대해 얘기해도 시에 대한 이야기가 돼요. 목숨 걸고 시에 매달리지 마세요. 그러면 시도 잃고, 다른 것도 잃게 돼요.

320

에스컬레이터 오르기 전에는 망설여지지만 막상 올라타면 별것도 아니잖아요. 시 쓰기도 그래요. 너무 진지하게 생각하지 말고 장난처럼 시작해보세요. 쓰는 사람 자신의 머릿속에서 꺼내는 말은 독자를 피곤하게 해요. 바로 앞의 말에서 다음 말을 꺼내도록 하세요.

321

시인은 '면허받은 거짓말쟁이'라 하지만, '철부지 장난꾼'이라 하는 편이 맞을 거예요. 평생 신기하고 엉뚱한 짓만 골라 해요. 그렇다고 아이스크림을 된장에 찍어 먹거나, 매운탕에 요구르트를 넣어 먹으면 웃기는 일이지요.

322

시는 도서관이 아니고 노래방이에요. 헛소리가 참말이
될 때까지 계속 연습하세요. 시는 질문하는 것이고, 중심
을 돌아보는 것이고, 자기를 괴롭히는 거예요. 그러다가
불꽃놀이처럼 한순간 터지는 거예요. 시에 대한 감感이 없
으면 인생에 대한 감도 없다고 봐야 해요.

323

할 때마다 잘 안 되고, 그렇다고 그만둘 수도 없는 게 이
일이에요. 성공하려 하지 마세요. 본래 이 일은 실패하게
되어 있어요. 그냥 하세요. 다만 쉽게 가려 하거나 개똥철
학 하지 마세요. 그건 남들 시켜 조상 제사 지내는 것과 마
찬가지예요. 그러면 평생 내 집 마련 못 해요.

324

글쓰기는 긴가민가할 때 해야지, 다 알고 나면 쓸 게 없어져요. 다 아는데 굳이 뭐 하러 쓰겠어요. 겁먹지 말고 일단 시작해보세요. 글은 씌어지면서 스스로 정리되고 마무리될 테니까요. 그냥 바람 쐬러 가는 기분으로 가볍게 시작하세요.

325

시는 내가 쓰는 게 아니라 내게서 '피어나는' 거예요. 손은 내 것이 아니라 연필의 것이라는 생각으로 쓰세요.

326

시는 꿈이나 낙서와 비슷해요. 의식적인 꿈, 의식적인 낙서가 있을 수 없듯이, 의식적인 시는 어불성설이에요. 이렇게 극단적으로 말하는 건 의식이 판치는 걸 경계하기 위해서예요.

327

시에서 철학은 숨어 있어야 해요. 독자한테 한 수 가르쳐주겠다는 태도는 시와는 거리가 멀어요. 시는 한 수 배우겠다는 거예요. 심각한 폼 잡지 말고, 잡생각과 헛소리에 의지하세요. 그러면 철학도 따라와요.

328

예술은 몰아지경沒我地境에 이르는 거라 하지요. 누구나 몰아지경을 원하면서도 거기에 이르지 못하는 건 그걸 추구하기 때문이에요. '잡생각 안 해야지' 하는 것도 잡생각이듯이, '나'가 없어지기를 바라는 것 또한 '나'일 뿐이에요.

329

한 사람이 서 있는 시간과 장소는 그 사람 자신이에요. 시를 쓸 때는 환유에서 시작해 은유로 가도록 하세요. 은유에서 환유로 가는 길은 막힌 길이에요. 시는 밤새도록 흩어진 시신을 모아 오시리스Osiris를 살려내는 이시스Isis와 같아요.

330

시보다 시작노트가 좋은 경우가 많아요. 시 쓸 때는 시작노트 쓰듯이 하라는 말도 있지요. 쓴다는 의식이 있으면, 어깨에 힘이 들어가고 부자연스러운 말을 하게 돼요. 피아니스트의 뒷모습을 보면 어떤 소리가 날지 알 수 있다고 하지요. 골프나 테니스에서처럼 시도 어깨에 힘이 빠져야 '원 샷'으로 갈 수 있어요.

331

막막한 바다에서 어부는 어디에다 그물을 쳐야 할지 알아요. 간절함과 안쓰러움, 부질없음과 속절없음이 시의 포인트이고 기술이에요.

332

시를 쓸 때는 자기 몸에 붙여서 써야 해요. 자신이 희생물이 되어야 하고, 자기 몸이 앓으면서 알아낸 것만을 써야 해요. 임기응변臨機應變을 할 줄 알아야 하고, 농담은 아슬아슬할수록 좋아요.

333

시를 쓴다는 건 스스로 맨 밧줄의 결박에서 풀려나는 과정이에요. 처음부터 밧줄을 묶지 않았거나, 풀지도 않았으면서 풀려나온 것처럼 거짓말하면 안 돼요.

334

미식축구 하는 걸 보면 시 쓰기를 생각하게 돼요. 겹겹이 에워싼 저항을 뚫고 한 라인 한 라인 나아가는 것이지요. 선禪에서도 '일기일로一機一路'라는 말을 해요. 어떤 상황에서든지 헤치고 나아갈 길이 꼭 있다는 거지요. 그 길로 나아가려면 비틀기, 뒤집기, 되감기를 염두에 두세요.

335

생사生死에 들어왔다가 생사를 벗어나는 것을 '일대사인연一大事因緣'이라 해요. 이 막중한 일은 지극히 사소하고 우연한 '시절인연時節因緣'을 통해 이루어져요. 시도 다르지 않아요. 시 쓰기에서도 함정은 많으나 출구는 늘 있어요.

336

길에는 항상 표지판이 있지요. 공사중, 학교앞, 낙석주의…… 글 쓸 때도 미리미리 예비해주어야 해요. 그래야 읽는 사람이 놀라지 않고 따라올 수 있어요.

337

큐빅 돌리는 걸 보면 시를 어떻게 써야 할지 알 수 있어요. 전후, 좌우, 상하 여섯 방향으로 돌릴 수 있잖아요. 그런데 우리는 대개 낯익은 한 방향으로만 돌려요. 나머지 다섯 방향을 포기하는 것이지요.

338

한 대목이라도 꺾임이 없으면 시가 아니에요. 꺾임은 본래 거기 있는 것이지, 내가 만들어 넣는 게 아니에요. 잠자리가 풀잎에 앉듯이, 꺾임은 자연히 이루어지는 거예요. 시를 쓸 때는 시 쓴다는 의식이 없어야 해요. 쓰면서 우리가 할 일은, 안 해야 할 일을 안 하는 것뿐이에요.

339

의인법을 자주 쓰면 유치해져요. 어설픈 비유를 피하세요. 모호함은 좋은 것이지만, 말이 안 되는 모호함은 버리세요. 보여줄 것과 보여주지 말아야 할 것을 빨리 판단하세요. 무엇보다 아슬아슬한 것에 대한 감각이 있어야 해요.

340

필요 없는 것을 줄여가는 게 글쓰기예요. 쓰고 나서, 아깝다고 생각되는 부분은 제일 먼저 쳐내야 해요. 대개는 너무 튀니까요.

341

어설픈 비유는 쓰지 마세요. 독자는 시인이 안간힘 쓰는 것을 바라요. 글쓰기는 얇은 얼음판 위를 지나갈 때처럼 위험해야 해요.

342

자기 생각을 끝까지 밀고 나가는 게 중요해요. 자신이 어디까지 갈 수 있는지는 가봐야 알아요. 스스로 통제할 수 없는 데까지 나아가면, 비로소 고요하게 돼요. 그와는 달리, 뭔가 깨달았다는 생각이 들면 자기에게 속는 거예요.

343

시는 살아내려는 의지 이상도 이하도 아니에요. 이 구멍 저 구멍 기웃거리면 죽도 밥도 안 돼요. 재료를 최소한으로 쓰는 대신, 꺾임을 확실하게 하세요. 자기 몸에 붙여 쓰되, 들어가는 문과 나오는 문이 달라야 해요.

344

시의 길을 알면 무리할 필요가 없어요. 감나무에 감이 익으면 저절로 꼭지가 떨어져요. 종기도 터질 때까지 놔둬야 하잖아요. 보통은 익기도 전에 터뜨려서 덧나게 되지요. 좋지 않은 시도 그런 거예요.

345

사는 것, 보는 것, 쓰는 것은 같은 거예요. 우리는 시 쓰는 기계가 되어야 해요.

346

목숨이 걸린 작품, 마지막 화살로 쏘아올린 작품, 문제의식이 세계를 만들어낸 작품, 그런 작품은 작가들의 마지막 꿈일 거예요. 그 꿈으로 인해 그들의 삶은 마지막 작품이 되는 거지요.

347

비 온 다음 지렁이 지나간 자리 보셨지요. 햇볕 나면 금세 사라지는 흔적 말이에요. 그 자국이 생기려면 지렁이 몸통이 얼마나 비벼댔겠어요. 시도 꼭 그 만큼이에요.

348

문학은 기본적으로 위험한 소명을 수락하는 거예요. 좋은 작가는 어둠 속으로 몸을 들이밀고, 허공 속으로 뛰어들 줄 아는 사람이에요, 그는 자신이 어둠과 허공이 되려고 해요.

349

대부분의 시는 잠수潛水하지 않아요. 물속에 뛰어드는 시늉만 하지요. 겁먹지 말고, 바로 뛰어드세요. 떠오르겠다는 생각만 없으면 누구나 떠오르게 돼 있어요.

350

공경 '경敬' 자를 '주일무적主一無適'으로 풀이해요. 하나를 중심으로 하고, 다른 데로 흩어지지 않는다는 뜻이에요. 이곳저곳 기웃거리지 말고, 시라는 구멍 하나만 열어두세요.

351

관棺 속으로 들어가듯이, 자기 속으로 들어가세요.

352

자기 속에 아픔이 있어야, 리듬도 살고 어조도 살아요. 자기한테 뼈아픈 얘기는 누구한테나 뼈아픈 얘기가 돼요. 그런 시는 오랜 세월이 가도 이끼가 끼지 않아요.

353

필라멘트 하나를 만들기 위해 에디슨은 수백 가지 재료로 실험했는데, 그 중에는 자기 다리털과 일본 대나무도 있다고 하지요. 그건 주소도 모르는 채 미국 가서 친구 찾는 것과 마찬가지예요. 한 번이라도 우리가 그런 정성으로 시를 쓴 적이 있었던가요.

354

잠자리가 공중에서 섹스하는 것 보면 참 신기해요. 걔네들 짝짓기 할 때가 제일 위험하다고 해요. 제 몸 돌볼 정신이 없기 때문이지요. 그처럼 무방비 상태가 되어야 상대에게 들어갈 수 있는데, 시 쓸 때 우리는 너무 쉽게 들어가는 것 아닌가 해요.

355

까치는 집 지을 때 나뭇가지 사이에 진흙을 채운다 해요. 또 어떤 벌들은 이중으로 집을 짓는다 하지요. 집 속에 또 집이 있는 거예요. 그에 비해 우리가 짓는 시의 집은 참 허술해요. 목숨이 달려 있지 않기 때문이지요.

356

아파트 베란다에 난간이 없다고 생각해보세요. 우리는 난간 하나 때문에 살 수 있는 거예요. 글 쓰는 건 난간을 제거하는 일이에요.

357

그냥 내뱉는 한 마디 말도 온 생명이 걸려 있는 듯이 해야 해요. 전에 바다에 빠진 어떤 사람은 뱃전에 붙은 다슬기를 잡고 살아났다 해요. 그 손톱이 어떻게 되었겠어요.

358

시는 나날의 소신공양燒身供養이에요. 한 편 한 편의 시에는 나날의 등신불等身佛이 들어 있어야 해요.

359

모과는 계속 닦아줘야 썩지 않는대요. 글쓰기도 매일매일 자기를 닦는 거예요. 나날의 글쓰기는 흐르는 물에 글씨 쓰는 것과 같아요. 기도와 마찬가지로, 글쓰기의 효력은 글쓰기 하는 순간에만 있어요.

360

'초발심시 변정각初發心時 便正覺'이라 하지요. 처음 마음
내는 자리가 이미 바른 깨달음의 자리라는 것이지요. 또
시각始覺이 곧 본각本覺이라는 말도 해요. 시를 어떻게 쓸지
고민할 필요가 없어요. 고민하는 그 자리가 바로 시예요.

361

예술가는 자기 잘못이든 남의 잘못이든 용서하지 않는
사람이에요. 치밀하고 치열하지 않으면 예술이라고 할 수
없어요. 자기 정화淨化와 자기 연소는 시인의 의무이고 숙
제예요.

362

대화는 남의 기분을 살피고 남의 뜻에 맞추어야 하기
때문에 위선이 많아요. 그러나 혼잣말은 늘 진실해요. 혼
잣말하면서 거짓말하는 사람은 없어요. 시는 자기한테 하
는 말이에요. 진실한 말은 항상 목소리가 낮아요.

363

국밥집에서 국을 담기 전에 먼저 그릇을 덥혀놓지요. 시 쓰는 사람도 늘 자신을 덥혀두어야 해요. 갈빗집 화로에 타오르는 벌건 숯불 보셨지요. 그렇게 스스로를 달구지 않으면 창녀들처럼 억지 비명을 지르게 돼요.

364

먼 바다에서 수평선 너머로 배가 올라오는 느낌 참 좋지요. 글을 써보지 않으면 그런 느낌 알 수가 없어요. 그건 흉내 낼 수 없고, 빌려올 수도 없어요. 낚시 가서 고기 못 잡았다고 시장 가서 사 오면 안 되지요.

365

작가는 자기 피를 독자에게 수혈하는 사람이에요. 피는 못 주더라도, 손님 오라 해놓고 인스턴트식품 데워 내면 되겠어요.

366

작가의 역할은 임신과 분만이에요. 글쓰기를 제왕절개 하듯 해서는 안 돼요. 제왕절개 한 번 하면 다음에 또 해야 해요.

367

여러분이 우리 아파트 찾아와서, 수위 아저씨한테만 절하고 그냥 가면 안 되지요. 어떤 글이든 인생의 밑바닥에 가닿아야 해요. 그렇지 않으면 아파트 입구에서 절하고 돌아가는 거나 마찬가지예요.

368

악한 것보다 피상적인 것이 더 문제예요. 피상적인 말이 떠오를 때는 입술을 꽉 깨무세요. 내가 진실을 배반하면 나도 나를 도울 수 없어요.

369

말하기 위한 말은 소음에 지나지 않아요. 우리가 하는 말에 인생 전체가 걸려 있어야 해요. 그렇지 않으면 말하는 대신 침묵하고, 작가 대신 독자가 되어야 해요. 우리가 말 안 하고 글 안 쓰는 게 세상을 돕는 길인지도 몰라요.

370

인생길이라는 말이 있듯이 글도 인생글이에요. 인생이 안 들어간 글은 말장난에 지나지 않아요.

371

면봉으로 입천장을 문질러 디엔에이를 채취한다 하지요. 어떤 말에도 자신의 온 인생이 들어 있어요. 그러니 머뭇거리지 말고 바로 쓰세요. 무엇 하나 내 얘기 아닌 게 없어요. 글은 인생이 나를 통해 제 얘기를 하는 거예요.

372

좋은 글은 내가 쓰는 게 아니라, 나를 통해 인생이 쓰는 거예요. 그냥 한마디 툭 던지는 것 같은데, 그 안에 인생 전체가 다 들어 있어요.

373

지금 당장 오 분 만에 글을 써도 오십 년 인생의 역사가 묻어 있으니까 안심해도 돼요. 무슨 대단한 얘기를 하려 들지 마세요. 그 대신 자기하고 자꾸 싸우세요. 자기한테는 절대 잘 해주지 마세요. 자신과의 갈등이 클수록 글은 농밀濃密해져요.

374

밥 먹은 뒤, 친구 만난 뒤 왜 허전할까요? 자기와 맞닥뜨리기 때문이지요. 바로 이때가 시가 올라오는 순간이에요. 피하려 들지 말고 마주 보세요. 그러면 따라오던 개도 안 짖어요. 조금은 불편한 자리가 사실은 제일 편한 자리예요.

375

글 쓸 때는 종아리 걷고 찬물 속으로 들어서는 느낌이 있어야 해요. 일상에서 거북하고 불편한 것이 글에서는 좋은 거예요. 어떤 글에나 울컥 쏟아내는 것이 있어야 해요. 그건 내가 미처 소화해내지 못한 것이고, 그게 진짜 나예요.

376

우리의 일상은 굵게 썰어 넣은 파가 둥둥 떠다니는 멀건 국물 같은 거예요. 숟가락으로 저으면 떠올라오는 생선의 눈알 같은 것, 그걸 보고 우리 눈도 소스라치게 놀라지요. 잊어버린 자기 모습을 발견하기 때문일까요. 우리가 쓰는 시에도 그 눈알을 그려 넣어줘야 해요.

377

시인 안에는 한 사람이 더 있어요. 그를 만나려면 무단가출! 이 느낌으로 가야 해요. 시 안에는 울고 있는 한 사람이 있어요. 그 사람의 등을 쓰다듬어줘야 해요.

378

내가 세상을 업는 게 아니라, 세상에 내가 업히는 거예요. 나를 찌르지 않고는 남을 찌를 수 없어요. 남들에게서 내가 비난하는 것은 내 안에 다 있어요. 그걸 잊어버리면 자기한테 속는 거예요. 그래도 많이 힘들 때는, 내가 처음 왜 시를 쓰려 했는지 생각해보세요.

379

우리가 글을 쓰는 건 지금 우리가 어디에 있으며, 어디로 가야 할지 알기 위해서예요. 글을 쓰면 반드시 자득自得 하는 부분, 스스로 터득하는 부분이 있어야 해요. 그렇지 않으면 뭣하러 애꿎은 몸과 마음을 쥐어짜겠어요.

380

시 쓰기는 자기성장의 과정이에요. 시를 통해 우리가 누구인지, 어떻게 살아야 하는지 알게 돼요. 우리에게 필요한 것들은 우리가 쓰는 시 안에 다 있어요.

381

문학은 붙은 걸 떨어뜨리거나 떨어진 걸 붙여보는 것이고, 같은 게 다르거나 다른 게 같다는 걸 보여주는 거예요. 작가가 아니면 누가 그 일을 하겠어요. 또 그 일을 하지 않는다면 어떻게 작가라 할 수 있겠어요.

382

사람이 죽으면 곧바로 박테리아가 활동한다 하지요. 다른 동물들이 잘 섭취할 수 있도록 도와주는 거래요. 시도 박테리아 하는 일을 하는 게 아닐까 해요. 자기 삶을 잘 부패시켜서 남들이 이해할 수 있도록 하는 일.

383

내가 바로 나의 적敵이라는 께름칙한 사실을 밝히는 게 시예요. 시는 그것을 되새기기 위해 쓰는 거예요. 지금 있는 자리에서 한 발 더 나아가야 해요. 정말 좋은 시는 그 한 발이 허공을 딛는 거예요.

384

우리가 시를 쓰는 건 잊지 않기 위해서예요. 돌아가시기 전날 아버지 눈빛이 어떠했는지…… 꽃매미 날개를 지갑 속에 넣고 다니는 것도 내 삶이 너무 허망하기 때문이에요. 시는 이제는 기억도 못 하는 숱한 상처들의 기록이에요. 그 속에는 내가 받은 상처뿐 아니라, 내가 준 상처도 포함돼 있어요. 길바닥의 개미를 보고 피하려고 조심하지만, 이미 내 구둣발 밑에 으깨어진 개미는 보이지도 않았을 테니……

385

시는 '지금 내가 하는 일이 맞나' 하는 의심으로 시작하고, 그 의심으로 끝나야 해요. 일기가 곧 시는 아니지만, 시는 일기 쓰는 심정으로 몰아가는 거예요. 자기에게 불리한 건 좋은 거예요. 왜? 불편한 게 진실이니까요.

386

글 잘 쓴다고 자랑할 게 아니에요. 세상에서 자랑할 건 아무것도 없다는 걸 얘기하는 게 글쓰기예요.

387

행성과 행성이 부딪힐 가능성은 두 행성의 궤도가 황금비율일 때 가장 적다고 해요. 그런데 그 황금비가 피보나치 수열 안에 있다 하니, 이보다 더한 신비가 있겠어요. 우리가 시를 쓰는 건 삶과 자신 사이의 황금비를 찾아가는 것 아닐까 해요.

388

봄에 씨 뿌리고 흙으로 덮듯이, 자고 있는 아이들 이불을 덮어주듯이, 시 쓸 때도 가볍게 덮어줘야 해요. 그냥 가버리는 줄 알았는데, 살짝 뒤돌아보는 느낌이 있으면 더 좋아요. 오늘이 마지막인 듯이, 오늘은 오늘로서 마지막이 듯이……

389

슬플 때는 깊은 물속에 가라앉은 두레박의 느낌으로 말하세요. 기쁠 때는 가을에 무가 땅 위로 솟아오른 느낌 정도로만 말하세요.

삶

390

진선미眞善美는 대칭을 기본구조로 해요. 완벽한 대칭은
죽음이고, 생명은 대칭이 깨어지면서 태어나요. 그렇다면
진실도, 올바름도, 아름다움도 인간의 몫은 아닌 듯해요.

391

시와 인생과 진리는 같은 거예요. 모두 손댈 수 없는 것
들이지요. 시와 인생과 진리는 불가항력이에요. 만약 그것
들을 조작할 수 있다면 사이비似而非예요.

392

진리는 풀잎 같은 칼이에요. 말도 그래요. 어떤 말이 자기
대신 남을 베기 시작하면 안 좋은 말이에요. 하지 마세요.

393

진실은 우리가 생각하는 자리가 아니라, 바로 옆자리에
있어요. 달의 뒷면과 같은 진실을 보기 위해서는, 다시 돌
아올 수 없는 긴 여행을 떠나야 해요.

394

내가 힘든 것은 내 관념이 진리와 싸우고 있다는 표시
예요. 진리는 싸워야 할 대상이 아니라 받아들여야 할 대
상이에요. 나는 나 자신하고만 싸워야 해요.

395

지금 서 있는 자리를 나 자신과 동일시하면 안 돼요. 언
젠가 그 자리에는 다른 것이 들어와 살게 돼요. 나는 그저
표지판으로 서 있을 뿐이지요. 그 자리가 진리예요. 진리
는 누구의 것도 아니에요.

396

'이것이 진실이다!' 하면 헛소리예요. 진실은 거짓과 함께, 거짓을 따라 들어와요. 왜? 거짓을 뒤집은 자리가 진실이기 때문이지요. 진실은 거짓의 맨얼굴이에요.

397

어젯밤 방 안에 들어온 벌레를 살려주려고, 쓰레받기에 쓸어 담고 창을 열어 던져주었어요. 그 틈에 나방 한 마리가 들어와 휘젓고 다니기에, 빗자루로 때려잡아 바깥에 내버렸어요. 지금까지 제가 한 좋은 일은 늘 그런 식이었어요.

398

우리 동네 숯불갈비집 앞에, 엄마소가 송아지를 혀로 핥아주는 사진이 걸려 있어요. 사람으로 태어나서 다른 동물 안 잡아먹을 수 없지만, 적어도 놀리지는 말아야 할 것 같아요. 악惡은 무감각이고 어리석음이에요. 시가 아니라면 우리 자신의 악을 무슨 수로 적발할 수 있겠어요.

399

아름다움은 아름답게 하는 것이고, 더럽게 하는 것이 더러운 거예요. 되도록 세상에 짐이 되지 않도록 하세요. 우리는 아무것도 할 수 없지만, 스쳐 지나가는 건 할 수 있어요.

400

먹고 싶을 때 먹고, 싸고 싶을 때 싸면서 아름다울 수 있겠어요. 소중한 건 언제나 어렵게 얻어져요. 쉽게 만들고 쉽게 보여주면, 쉽게 버림받아요. 물 안 줘도 시들지 않는 꽃은 가짜 꽃이에요. 글쓰기는 한 번 할 때마다 한 번씩 죽는 거예요.

401

시의 아름다움은 말 자체가 아니라, 말하는 방식에 있어요. 시는 자세예요. 어떤 자세든 정신과 결부되지 않은 자세는 없어요. 세상에서 인간이 가질 수 있는 건 아름다운 자세밖에 없어요.

402

함부로 하고, 제멋대로 하는 건 아름다움과 정반대예요. 아름다움이 윤리와 떨어질 수 없는 건 희생이 따르기 때문이에요. '씨발놈!' 하고 싶은데, 한번 꿀꺽 삼키고 참을 수 있는 것. 글 쓰는 사람은 자기 글로 인해 불편함을 겪어야 해요.

403

손님이 나가자마자 문을 꽝 닫아버리면 예禮가 아니지요. 친구 차에서 내리자마자 문 닫고 가버리면 예가 아니지요. 하지만 떠나는 사람이 보이지 않을 때까지 서 있는 그 짧은 순간은 인간의 시간이에요. 우리는 본래 자기중심적이지만, 조금이라도 덜 박절迫切해지려고 입술을 깨무는 것, 아름다움은 그런 것 아닐까 해요.

404

친한 사람과 같이 걸어도 리듬이 안 맞으면 힘들지요. 삶도 괴로움도 리듬으로 맞아들이고, 리듬으로 보내야 해요. 모든 공부는 파도타기처럼 리듬을 배우는 거예요.

405

『예기禮記』에는 한 번 들으면 평생 잊을 수 없는 애기들이 나와요. 가령 길에서 만난 친구를 집에 재워줄 생각이 없으면 어디서 잘 거냐고 묻지 말라는 것. 또 군자가 문득 고개를 돌려 지는 해를 바라보면 손님이 일어서도 좋겠다는 것. 이 두 가지 예禮는 시의 예이기도 해요. 시 또한 대상을 맞아들이고 보내주는 태도일 테니까요.

406

모기를 잡아 손가락으로 누르면 물밖에 안 남아요. 우리라고 뭐 다르겠어요. 개똥철학 하지 마세요. 사랑하고, 일하고, 여유가 있으면 남 생각도 좀 해주는 게 전부예요. 아름답게 살려면 아름다움을 믿어야 해요.

407

자신에게 신경 쓸 때는 불안한 마음이 들어도, 남에게 신경 쓸 때는 불안하지 않아요. 까닭 없이 불안할 때는 내 관심이 어디로 향하는지 살펴보세요. 불안은 방향을 바꾸라는 신호예요.

408

시 쓰는 사람에게는 시가 하느님이에요. '십자가의 성 요한'의 어투를 빌리면 이 세상에는 시와 나만이 있는 듯이 살아야 해요. 시의 자리에 진리나 아름다움이라는 말을 넣어도 상관없어요. 모네는 죽을 때, 이 세상에서 추한 것은 아무것도 보지 못했다고 했고, 로댕은 모든 것이 순례巡禮의 대상이 된다고 했지요.

409

0, 1, 2, 3, 5, 8, 13, 21, 34, 55, 89, 144…… 이렇게 해서 '황금비'에 가까워지는 피보나치 수열은 자연계 어디에나 나타난다 하지요. 진선미眞善美를 향한 시의 꿈 또한 황금비를 향한 무한 접근이 아닐까 해요. 또한 불교에서 말하는 업業 혹은 '카르마'도 피보나치 수열로 이루어지는 게 아닐까 해요. 현재의 나는 지금까지 살아온 세월의 열매이고, 앞으로 살아갈 세월의 씨앗이 될 테니까요.

410

원圓이 왜 원이겠어요. 직선이 튀어나가는 걸 중심에서 잡아주기 때문이지요. 그래서 원은 가장 완전한 곡선과 가장 큰 표면적을 얻을 수 있어요.

411

시를 쓰는 건 인생을 바꾸는 거예요. 바꾼다는 건 서 있는 방향을 바꾸는 것이지, 자리를 바꾸는 건 아니에요. 원圓 안의 모든 점이 중심을 향하듯이, 모든 방향은 0의 자리를 가리켜요. 그곳은 모든 것을 내려놓는 자리예요.

412

낚시꾼이 낚싯대에 무엇이 걸릴지 모르듯이, 우리가 쓰는 글에 무엇이 나타날지 아무도 몰라요. 다만 찾으려는 의도 없이 발견한다는 태도를 고수하세요. 계획과 예측은 실재實在로 가는 초입에 불과해요.

413

과도한 의도意圖에서 생기는 병폐는 반대 의도로 고칠 수 있다고 하지요. 꼭 써야겠다는 집념이 시를 망쳐놓았다면, '이제 다시는 안 쓸 거야!' 하고 다짐하세요. 필요한 건 관점을 바꾸는 일이에요. 지금까지 적敵이라 생각했던 것이 나 자신이라는 걸 되새기세요. 무시, 원한, 증오는 결코 시가 될 수 없다는 건 불변의 진리예요.

414

테니스 칠 때 공을 앞에서 맞추라 하지요. 뒤에서 맞은 공에는 힘이 실리지 않아요. 시 쓸 때도 전향적 사고를 해야 해요. 가령 아버지가 아들을 낳은 게 아니라, 아들이 아버지를 낳았다고 해보세요. 안 될 게 없잖아요. 삶이 바뀌는 결정적인 순간은 사소한 생각의 전환에서 와요.

415

삶을 바꾸려면 생각을 바꾸어야 하고, 생각을 바꾸려면 은유를 바꾸어야 해요. 믿을 수 없고 수긍할 수도 없지만, 글쓰기 외에 다른 천국이 없어요.

416

스스로 비유를 만들 수 있는 것만이 나의 앎이고, 내가 아는 것만이 나의 삶이에요. 남이 만든 비유를 사용하는 건 남의 집에 세 들어 사는 것과 같아요. 짐승들 나무줄기에 몸을 비벼 체취를 남기는 건 영역 표시라 하지요. 또 하룻밤 같이 지낸 사람은 눈에 흙 들어오도록 잊을 수 없다고 하지요. 비유란 그런 거예요.

417

「백조왕자」의 이야기에서, 여동생이 밤새 쐐기풀로 짠 옷을 날아오는 백조들을 향해 던지는 장면 생각나시지요. 희생과 투신이 없다면 어떻게 변신이 있을 수 있겠어요.

418

시는 욕망의 꿈틀거림이고, 불화不和의 부르짖음이에요. 생피를 보려면 딱지 앉은 것을 벗겨내야 해요. 예술은 생을 알몸으로 사는 일이에요.

419

자기 위주로 생각하면 '또라이'고, 남 위주로 생각하면 '속물'이에요. 속물의 특성은 자기가 속물인지 모른다는 거예요. 남 보고 속물이라는 사람은 속물일 가능성이 많지만, 자신이 속물이라 생각하는 사람은 속물이 아닐 가능성이 많아요. '또라이'도 마찬가지예요.

420

분노는 자아가 상처 입었다고 날뛰는 거예요. 폭풍에 쓰러진 나무가 옆으로 누워 있는 것도 분노일 수 있어요. 하지만 나무가 기분 나빠 보이지 않는 것은 사적私的인 마음이 없기 때문이에요. 저는 자주 발끈해요. 여러분은 하지 마세요. 발끈하는 건 힘이 없다는 증거예요.

421

시를 쓸 때는 말에 실려 가는 느낌이 있어야 해요. 무게 중심이 배꼽이 아니라, 입에 있는 사람은 한 번 넘어지면 다시 못 일어나요.

422

프랑스에서는 말을 삼킨다 하고, 일본에서는 울음을 삼킨다 하지요. 선(善)은 묻어둘수록 힘이 있고, 슬픔은 감출수록 커지는 거예요. '슬픔이란 도무지 표현할 수 없다'는 걸 표현하는 게 문학이에요. 시는 자기를 풀어헤치는 게 아니라 졸라매는 거예요.

423

시하고 연애하고 같다고 하지요. 더 깊이 들어가면 저절로 빠져나올 텐데, 나오려고 하니까 못 빠져나오는 거예요.

424

더 이상 나아갈 수 없는 지점까지 나아가야 해요. 아무도 끝까지 갈 수 없지만, 누가 누구보다 더 나갔는지는 말할 수 있어요. 인간은 얼마만큼 인간 이상이냐에 따라 인간이에요.

425

이유 없이 상대가 함부로 대하더라도 속상해하지 마세요. 그 대신 나에게 무슨 문제가 있는지 살펴보세요. 나한테 잘못이 없으면 그 사람 문제니까 신경 쓰지 마세요. 수신하지 않은 편지는 발신자에게 돌아간다 하잖아요.

426

어떤 사람의 나쁜 점을 보면 좋은 점이 안 보여요. 하지만 좋은 점을 보면 나쁜 점도 같이 보여요. 작은 것을 보면 그 뒤의 큰 것이 안 보여요. 하지만 큰 것을 보면 그 안의 작은 것도 같이 보여요. 모든 게 선택의 문제예요. 우리가 사는 삶은 우리 자신의 선택의 결과예요.

427

예언이란 대단치 않은 거예요. 아이를 보면 부모를 알고, 학생을 보면 선생을 알고, 개를 보면 주인을 아는 거지요. 지금 내 앞에서 다른 사람 욕을 하면, 다른 데 가서 내 욕할 거라는 걸 누가 모르겠어요.

428

화가 프랜시스 베이컨의 자화상 보셨지요. 강한 주먹에 얻어맞은 듯 턱이 돌아간 얼굴. 또 비 온 뒤 진흙길에 팬 경운기 자국 보셨지요. 시는 그처럼 일그러지거나 깊게 팬 자국이에요. 우리가 사는 세상과 닮지 않은 시는 하나도 없어요. 지난겨울 설해雪害에 축사를 빠져 나와, 눈 덮인 벌판에 물끄러미 서 있던 젖소의 모습이 두고두고 잊히지 않아요.

429

'화과동시花果同時'라는 말이 있어요. 이 생에도 다음 생에도 깨닫지 못했지만, 그다음 생에 가서 깨닫고 돌아보면 그때까지의 삶 전체가 부처의 삶이라는 거지요. 하루 만에 서울 가든 십 년 만에 가든, 일단 가기만 하면 서울 사람이에요. 마지막에 쓰게 될 한 편의 시는 그때까지 씌어질 모든 시들의 구원이 될 거예요.

430

왜 자기 눈에는 자기가 안 보일까?

431

정체성은 이타성異他性에 의해 만들어져요. 나라는 사람은 내가 알고 있는 나가 아니에요. 나도 모르는 나, 나도 모른다고 말하는 나가 진짜 나예요. 그러나 이 또한 내가 아는 나이기 때문에, 진짜 나라고 할 수 없어요. 글쓰기는 자아와 타자의 뒤집힘이 계속해서 일어나는 자리예요.

432

작자, 대상, 언어, 독자 가운데 어디에 비중을 두느냐에 따라 시는 달라져요. 그중 어느 하나에 집착하면 시는 기형이 되고, 그중 어느 하나가 결핍돼도 불구가 돼요. '나'라는 존재도 마찬가지예요. '나는 나의 주인Attahi attano natho'이라 하고, '자기는 자기의 보호자 Self is the protector of self'라 하지요. 우리 자신이 기형이나 불구가 되지 않도록 자주 돌아보아야 해요.

433

우리가 사는 세계는 세계가 아니라, 세계라는 관념이에
요. 얼마든지 다른 관념으로 재구성할 수 있다는 이야기지
요. 관념을 세계라고 믿으면 자기 오줌을 마시고, 자기가
만든 귀신에 홀리는 것과 같아요. 그렇다고 관념을 무시해
서는 안 돼요. 문화가 없다면 자연이 있을 수 없듯이, 관념
이 없다면 세계를 재구성할 수도 없으니까요.

434

선생은 우리의 현재 모습, 현재 상태를 비춰주는 거울이
에요. 거울 중에는 표면이 울퉁불퉁하거나, 뒷면의 수은水銀
이 벗겨졌거나, 먼지가 자욱한 것들이 있듯이, 어떤 선생도
완전한 거울이 될 수 없어요. '사람을 믿으면 지옥 간다'는
말이 있듯이, 선생을 믿으면 지옥 가는 수도 있어요.

435

글도 마음도 자주 살피지 않으면 나와 다른 사람을 해치게 돼요. 다른 사람 눈치를 보는 도덕과 달리, 윤리는 스스로 책임을 지는 거예요. 자신에 대한 무한 책임! 자기가 얼마나 피상적인지 아는 것이 윤리의 시작이에요. 피상적인 사람은 아무것도 안 하는 사람보다 더 악질이에요.

436

삶과 글은 일치해요. 바르게 써야 바르게 살 수 있어요. 평생 할 일은 이 공부밖에 없어요. 공부할수록 괴로움은 커지지만, 공부 안 하면 내 다리인지 남의 다리인지 구분할 수 없어요. 젠체 안 하고 남 무시 안 하려면 계속 공부해야 해요. 늘 문제되는 것은 재주와 능력이 아니라, 태도와 방향이에요.

437

글쓰기는 이차원의 그림자에서 삼차원의 실물을 찾아내는 거예요. 그것은 꿈속에서나 가능한 일이지요. 아무리 더하고 곱해도 인생은 백 프로가 안 나와요. 무슨 짓을 해도 백 프로가 안 된다는 것을 깨우치는 게 글쓰기예요.

438

우리가 아는 것은 참 적어요. 뭘 좀 안다고 생각하면 오산이에요. 아는 것 가지고 폼 잡지 말고, 모르는 걸 불편하게 생각하지 마세요. 모른다고 하면 더 밑으로 떨어질 데가 없잖아요. 몰라서 삼가면 나도 남도 덜 다쳐요. 한 편의 시는 '오직 모를 뿐!'이라는 경고예요.

439

의심과 불안에 머물 수 있는 능력을 '소극적 능력'이라 하지요. 우리가 견딜 수만 있다면, 모르는 건 나쁜 게 아니에요. 좀 안다 하면 대개 자기중심적이고 자기 기만적이에요. '저는 잘 모릅니다' 하는 사람들 정말 무서운 사람들이에요.

440

앎이란 모르는 상태를 견딜 수 있는 능력이에요. 모르는 걸 피하려 하지 마세요. 아는 것처럼 이야기하는 게 더 나쁜 거예요. 모르면 알 때까지 기다릴 수 있잖아요. 기다림은 힘들어도 좋은 거예요.

441

달리 뭘 알아야 할 건 없어요. 인생이 뭔지 고민하지만, '고민하는 것' 말고 달리 인생은 없어요. 찾으려 하니까 잃어버리고, 빠져 나오려 하니까 갇히는 거예요. 그렇다고, 찾지 않고 빠져 나오려 하지 않으면, 안 잃어버리거나 안 갇히는 것도 아니에요. 어떻게 해도 안 되고, 어떻게 안 해도 안 돼요. 그럼 어떻게 해야 할까요. 그럼 어떻게 해야 할까요.

442

말해서는 안 될 것을 끝까지 말 안 하는 게 시예요. 혀를 깨물며 버틸 수 있을 때까지 버티는 거지요. 그 말이 무슨 말이냐고요. 이 삶 자체가 허망하다는 거예요.

443

불교에서 '역류문逆流門'이라는 말을 해요. '흐름을 거스
른다'는 뜻인데, 이제부터 몸과 마음이 시키는 대로 살지
않겠다는 선언이지요. 글쓰기 또한 몸과 마음의 '종살이'
에서 벗어나려는 몸부림 아닐까 해요.

444

인간은 자신의 창작물에 구속되어 있어요. 사랑과 죽음,
자기 자신까지도 창작물이에요. '한평생 수많은 일을 겪었
지만, 사실 아무 일도 일어나지 않았다'는 에픽테토스의
금언金言은 꼭 필요한 해독제예요.

445

이 세상은 인연으로 이루어져 있어요. 인연으로 생기지
않은 의미는 없어요. 살면서 우리는 인연에서 한 발자국도
벗어날 수 없어요. '인연'을 은유隱喩라는 말로 바꾸어도
마찬가지예요.

446

제 사무실엔 머리카락이 많이 떨어져 있어요. 여러분은 잠시 왔다 가지만, 자신의 일부를 두고 왔다는 생각을 못 하지요. 여러분은 그것들을 기억하지 못하지만, 그것들은 저를 통해 여러분을 기억하고 있어요.

447

서로 인해 우리는 하나가 여럿이라는 것과, 하나가 여럿을 가리고 있다는 것을 알게 돼요. 또한 인생에는 선과 악이 아니라, 성숙과 미성숙이 있을 뿐이라는 것도 알게 되지요. 그것이 바로 '성숙'이에요.

448

우리는 우리가 아는 것의 주인이고, 모르는 것의 하인이라 하지요. 어떤 것을 이해하는 순간, 그것이 우리를 놓아줘요. 삶과 죽음을 함께 보고, 부분에서 전체를 보도록 해야 해요.

449

우리나라에서 한 해 경주慶州 인구만 한 사람들이 태어나고 죽는다 하지요. 그렇게 해서 흐름이 생기지 않으면, 세상은 강이 아니라 저수지가 될 거예요. 개체만 보면 전체 그림이 안 나와요. 개체로서는 전체를 알기 어렵지만, 전체의 관점을 가져야 평화를 얻을 수 있어요.

450

포악한 악어나 코모도 도마뱀은 누와 물소의 개체수를 조절하는, 없어선 안 될 존재라 하지요. 대홍수나 지진까지도 자연이 질서를 찾아가는 과정이라 해요. '필요악'이란 개체의 '악'은 전체의 '필요'라는 것을 말해요.

451

운명이란 어느 날 내가 오라 해서 온 적 없고, 가라 해서 가는 게 아니지요. 기쁨이 오면 기쁨 먼저 보내주고, 슬픔이 오면 슬픔 먼저 보내주고 일어서는 게 내가 할 일이에요. 그 사이에서 시는 표정 하나 얻는 거지요.

452

골프 스윙할 때 채가 다 빠져나갈 때까지 고개를 들지 말라고 해요. 공을 치는 순간 바로 일어서면 채 끝에 힘이 실리지 않고 몸이 제대로 돌지도 않아요. 그처럼 슬픔이 와도 슬픔 먼저 보내주고 일어서고, 기쁨이 와도 기쁨 먼저 보내주고 일어서야 해요. 우리에게 다가온 운명을 되돌릴 수는 없지만, 떠나갈 때까지 지켜보다가 무심히 일어서는 것. 시 또한 운명을 보내주는 한 형식이 아닐까 해요.

453

창문을 경계로 이쪽과 저쪽이 생기는데, 저쪽으로 가려고 창문을 부수면 저쪽도 없어져요. 아무리 가까워도 끝내 닿을 수 없는 것, 그것을 생각하면서 아직 설렘이 있다는 것, 그것을 저버리고 그냥 이 자리에 주저앉지는 않겠다는 것, 시적詩的으로 산다는 건 그런 것 아닐까 해요.

454

분리分離에서 태어난 시각문화는 상대적이고 비극적이에요. 분리가 있으면 하나 될 수 없고, 분리가 없으면 하나라는 것도 없어요. 보는 게 아니라 듣는 거예요. 보는 건 왜곡이 심하고 주관적이에요. 구두를 하나 사야겠다고 생각하면 구두밖에 안 보여요. 왜? 보는 건 마음속에 있는 걸 보기 때문이에요. 자기 내면의 '이야기'를 보는 거지요. 하지만 듣는 건 달라요. 들을 때는 내 할 일이 별로 없어요. 보는 건 눈동자를 굴려야 하지만, 들을 때 달팽이관을 굴리지는 않잖아요. 듣는 건 정말 힘든 일이에요. 천명天命을 알고 나서 이순耳順 한다고 하지요. 귀를 기울일 때 귓구멍이 막혀 있으면 안 되지요. 자기 안에 아무것도 없어야 들을 수 있어요. 만약 귀라는 것이 이 말은 듣고 저 말은 안 듣는다면, 귀라 할 수 있겠어요. 귀는 '평등성'이에요. 작가를 말하는 사람이라 생각하면 착각이에요. 작가는 듣는 사람이에요. 듣는 사람과 미친 사람 사이에 있는 게 보통 사람이고요. 안 들으면 안 보여요. 소통이란 내 말을 들려주는 게 아니라 남의 말 듣는 거예요. 가장 이야기 잘하는 사람은 남 얘기 잘 듣는 사람이에요. 듣는 것 하나로 인생

174

이 바뀔 수 있어요. 듣는 건 침묵하는 거예요. 입 다물고 있어도 머릿속에 많은 생각이 지나가면 침묵이 아니에요. 보이지 않는 '수다'일 뿐이지요. '침묵silent'이라는 말 안에는 '듣는다listen'는 말이 들어 있어요. 무조건 들어야 해요. 그러면 말을 안 줄여도 자연히 침묵하게 돼요. 들으면 불만이 없어져요. 듣는 건 존중하는 거예요. 말하는 데는 경쟁이 있어도, 들으면 양보하게 돼요. 말하는 데는 시기 질투가 남지만, 듣는 데는 많이 못 들었다는 아쉬움만 남아요. 안 듣고 혼자 말하는 것은 자위自慰 행위나 다름없어요. 들으려면 반드시 구멍이 있어야 해요. 구멍은 천 년 전이나 지금이나 같은 구멍이에요. 구멍에는 오직 구멍만 있을 뿐, 나이와 성별이 없어요. 추한 것도 정淨한 것도, 긍지도 치욕도, 선생도 제자도 없어요. 그런 건 다 머릿속 생각이에요. 구멍은 오직 구멍으로 열려 있을 뿐, 판단하거나 거부하지 않아요. 그래서 임신과 수태가 가능해요. 듣는 건 공부의 시작이에요. 선禪에서 말하는 '오직 이것뿐!'은 '오직 들을 뿐!'으로 바꿀 수 있어요. 글쓰기는 기도와 마찬가지로 '듣기 모드mode'로 들어가는 거예요. 대상의 이야기를 들으면서 보이지 않는 급소를 찾아내는 거지요.

455

삶과 죽음을 1과 0의 교체로 본다면, 죽는다는 건 슬픈 게 아니에요. 원래 자리로 돌아가는 것이니까요. 슬픔은 우리 머릿속에 있을 뿐, 음수陰數처럼 자연에는 없는 거예요.

456

자연에는 음수陰數가 없다고 하지요. 가령 −1개의 사과는 우리 머릿속에만 있는 거예요. 빛이 1이라면 어둠은 −1이 아니라 0이에요. 죽음 또한 −1이 아니라 0의 상태로 돌아가는 거예요. 아무리 부정적이어도 마이너스적인 것은 머릿속에 있다는 걸 잊지 마세요. 그걸 잊으면 자기가 만든 뱀에 물려 죽는 거예요.

457

빛이 드는 쪽을 양陽이라 하고 안 드는 쪽을 음陰이라 해
요. 강도로 볼 때는 햇빛이 양이지만, 청명함으로는 달빛
이 양이에요. 음양은 실체가 아니라 상보相補의 개념이고,
연기緣起이며 공空이에요. 삶과 죽음 또한 뭐가 다르겠어
요. 그렇다면 공이 아닌 실實은 무엇일까요. 그렇다면 공이
아닌 실實은 무엇일까요.

458

빛 중의 빛은 새벽이나 저녁의 빛처럼 그림자 없는 빛
이라 하지요. 그래서 진광불휘眞光不輝라 해요. 왜 자꾸 이런
얘기를 하는지 아세요. 죽음이 두렵기 때문이에요. 머릿
속 음수陰數가 바깥으로 튀어나오려 하기 때문이지요.

459

정말 의미 깊은 것은 의미가 없어요. 거기서는 시공간이 뒤집어져요. "아브라함이 있기 전에 내가 있었다"거나, "바다 전체가 물 한 방울로 들어간다"는 말도 그런 거예요. 정작 깊은 데서는 깊이라는 것조차 없어요. 관문關門을 통과할 때는 관문 자체가 없어진다 하지요.

460

내가 싫어하는 사람의 약점을 옮기고 다니면 내가 약하다는 증거예요. 그 사람의 비밀을 지켜줘야 그 사람을 싫어할 자격이 있어요.

461

원망과 감사는 함께할 수 없어요. a라는 사람을 미워하면서 동시에 b라는 사람에게 감사할 수는 없어요. 한 사람에 대한 원한은 모두에 대한 원한이고, 한 사람에 대한 사랑은 모두에 대한 사랑이에요.

어떤 인생이나 극한상황이에요. 우리는 마지막에 가서 몸에 감긴 밧줄을 풀고 나가는 마술사와 같아요. 그래서 입격출격入格出格이라는 말을 해요. 테두리 안으로 들어왔다가 테두리 밖으로 나가는 것이지요. 시라는 것도 어떻게든 내 힘과 재주로 '격'을 벗어나는 거예요. '격'으로 들어오지 않으면 게임이 안 돼요. 또 '격'을 제멋대로 바꾸어버리면 게임 원칙에 어긋나요. 시절인연時節因緣을 만나면 '격'은 자연히, 저절로 부서져요. '격'으로 들어와 '격'으로 나가는 그 사이가 '미로'예요. 아예 길이 없으면 '미로'라 하지도 않아요. '미로'를 '사다리 타기'로 바꾸어도 안 될 것 없어요. '사다리 타기'에는 반드시 출구가 있고 종착점이 있어요. 글쓰기의 '미로'에서 빠져나가기 틀렸다는 생각이 들면 '디테일'을 살피세요. '디테일'은 출구를 암시하는 상형문자예요.

463

단정적인 결론을 내리는 건 약한 사람들이 하는 일이에요. 그렇다고 결론을 내리지 말라는 건 아니에요. 나선형 철조망을 보세요. 계속 돌기만 하는 것 같지만 앞으로 나아가잖아요. 나선이 가장 완벽한 선이라 하는 건 원운동 속에 직선운동이 숨어 있기 때문이에요.

464

개체의 생명은 유한해도 종족의 생명은 무한해요. 수레바퀴는 돌아도 중심축은 나아가요. 산기슭엔 활엽수가 자라도 산꼭대기엔 침엽수가 자라요. 비행기 이륙하기 전에는 비가 와도 구름 위로 올라가면 햇빛이 쨍쨍하지요. 그것들을 하나로 합치려고 하지 마세요. 본래 그 둘은 같이 있는 거예요. 변증법을 믿는 우리는 그것들을 합쳐 뭔가 안정된 걸 만들어내려 하지만, 그것들은 변함없이 따로 놀아요. 진리는 양쪽 어디에도 없고 중간에도 없어요. 혹은 진리는 양쪽 어디에도 있고 중간에도 있어요. 깨달음을 믿지 마세요. 깨달음을 믿을 수 없다는 게 깨달음이에요.

465

이 세계는 신이 꾸는 꿈이라 하지요. 깨어 있는 사람은 꿈꾸는 사람을 볼 수 있지만, 꿈꾸는 사람은 깨어 있는 사람을 보지 못해요. 그러나 이렇게 말하는 것도 꿈이 아닌지 어떻게 알겠어요. 그렇다 해도 이왕 꿈을 꿀 바에는 깨어나는 꿈을 꾸세요. 그러다 보면 실제로 깨어날지 누가 알겠어요.

466

한마디 하고 싶은 마음이 굴뚝같아도 딱 멈출 때 힘이 생겨요. 선악이 아니라 성숙과 미성숙이 있을 뿐이라 하지만, 결국 자기 통제력의 문제겠지요. 죽을 때 누구나 속옷을 더럽히는 건 괄약근이 풀어지기 때문이라 해요. 예술 또한 괄약근의 문제가 아닐까 해요.

467

깨달음의 순간이 있기는 할까요? 문제는 깨닫고 나서도 몸과 마음이 옛날 방식 그대로 움직인다는 거예요. 깨달음에 목 매지 마세요. 어리석음을 그냥 두고 바라보세요. '절해고도絶海孤島의 섬처럼, 파도 많이 치는 밤에는 섬도 보이지 않는 절해絶海처럼……' (『달의 이마에는 물결무늬 자국』)

468

우리는 망망대해의 물거품 하나에도 못 미쳐요. 문학이란 건 허망한 존재가 자기 허망함을 알고 딴짓하지 않겠다는 약속이에요. 비참하게 깨져도 한심하게 무너지지는 않겠다는 것. 모든 것이 허망하다 해도, 허망하지 않은 게 꼭 하나 있어요. 일체가 허망하다고 말하는 이것! 이 공부를 오래 해야 독하게 벼려져요.

469

축구 경기에서 끝까지 무승부가 되면, 양 팀 선수들이 승부차기를 해요. 그때 한 선수가 골대를 향해 가면, 다른 선수들은 스크럼을 짜고 격려를 하지요. 기독교 박해 시대 때 형장刑場으로 들어서는 순교자를 다른 교우들이 격려할 때도 그러지 않았을까요. 우리가 시를 쓰는 건 누구도 피할 수 없는 생사生死 앞에서, 우리와 다른 사람을 위해 스크럼을 짜는 게 아닐까 해요.

470

'당랑거철螳螂拒轍'이라는 말이 있지요. 사마귀가 겁 없이 수레 앞에 버티고 서서 한번 해보자고 덤비는 것이지요. 참말도 안 되는 한심한 짓이지만, 시도 그런 것 아닐까 해요. 아름드리 나무기둥을 뽑겠다고 부둥켜안고 용써보는 것. 실패할 수밖에 없는 싸움에, 실패 안 할 수밖에 없다는 듯이 '올 인'하는 것. 그거라도 안 하면 우리가 할 수 있는 일이 뭐겠어요

이성복의 책

시
『뒹구는 돌은 언제 잠 깨는가』 (문학과지성사, 1980)
『남해 금산』 (문학과지성사, 1986)
『그 여름의 끝』 (문학과지성사, 1990)
『호랑가시나무의 기억』 (문학과지성사, 1993)
『아, 입이 없는 것들』 (문학과지성사, 2003)
『달의 이마에는 물결무늬 자국』 (문학과지성사, 2012)
『래여애반다라』 (문학과지성사, 2013)
『어둠 속의 시: 1976-1985』 (열화당, 2014)

시선
『정든 유곽에서』 (문학과지성사, 1996)

시론
『극지의 시: 2014-2015』 (문학과지성사, 2015)
『불화하는 말들: 2006-2007』 (문학과지성사, 2015)
『무한화서: 2002-2015』 (문학과지성사, 2015)

산문
『나는 왜 비에 젖은 석류 꽃잎에 대해 아무 말도 못 했는가』 (문학동네, 2001)
『고백의 형식들: 사람은 시 없이 살 수 있는가』 (열화당, 2014)

아포리즘
『네 고통은 나뭇잎 하나 푸르게 하지 못한다』 (문학동네, 2001)

대담
『끝나지 않는 대화: 시는 가장 낮은 곳에 머문다』 (열화당, 2014)

사진 에세이
『오름 오르다: 고남수 사진』 (현대문학, 2004)
『타오르는 물: 이경홍 사진』 (현대문학, 2009)

연구서
『네르발 시 연구: 역학적 이해의 한 시도』 (문학과지성사, 1992)
『프루스트와 지드에서의 사랑이라는 환상』 (문학과지성사, 2004)

문학앨범
『사랑으로 가는 먼 길』 (웅진출판, 1994)